[찰리 채플린 한시]

한시 속 인생을 묻다

| 김 태 봉 지음 |

미문사

[찰리 채플린 한시]

한시 속 인생을 묻다

2018년 2월 28일 초판 1쇄 발행

지은이 김태봉

펴낸이 김종욱

발행처 미문사

편집 디자인 박상희

마케팅 송이솔

영 업 박준현, 김진태, 이예지

주   소 경기도 파주시 회동길 325-22 세화빌딩

신고번호 제 382-2010-000016호

대표전화 032-326-5036

내용문의 010-8283-8349(전자우편 ktb851@naver.com)

구입문의 032-326-5036/010-6471-2550/070-8749-3550

팩스번호 031-360-6376

전자우편 mimunsa@naver.com

ISBN 979-11-87812-04-3

* 본 저작물의 서체는 한겨레결체를 사용하였습니다.

[찰리 채플린 한시]

한시 속 인생을 묻다

| 김태봉 지음 |

민문사

머리말

B.C 6세기 인물인 공자孔子는 "시詩에서 감흥을 일으킨다興於詩"라고 설파한 바 있다.

A.D 20세기 인물인 찰리 채플린Charlie Chaplin은 "우리는 너무 많이 생각하고 너무 적게 느낀다(We think too much and feel too little)"라고 경고하였다.

이 두 인물은 시대나 공간이 너무나 다른 상황에서 한 사람은 중국 대륙에서 유가儒家의 성인으로, 또 한 사람은 아메리카 대륙에서 무성 영화의 희극 배우로, 완전히 판이한 삶을 영위하였다. 그렇다면 이 두 역사적 인물에게 공통점이라고는 있을 수 없단 말인가?

한 가지만 빼놓는다면 이들 사이에는 공통점이 없다는 게 정답일 것이다. 그러나 딱 한 가지 같은 게 있었으니 감성感性의 삶을 도모했다는 점이다. 공자가 말한 흥興과 채플린이 말한 필feel은 언어의 종류만 다를 뿐 그 내포하는 뜻은 한 가지, 곧 감성이다.

수십 명의 제자를 거느리고 주유천하周遊天下를 했던 공자나 미국과 유럽의 극장을 누비던 채플린은 당대當代에 누구보다도 바쁜 삶을 살았겠지만, 이들의 삶을 윤택하게 유지시켜 준 것은 명예도 돈도 아니었다. 자연과의 교융交融을 통해 얻어지는 감성이 그들의 유일한 삶의 윤활유이며 활력소였다.

　이 책에서 다루는 한시漢詩들은 중국과 한국에서, 공자가 세상을 떠난 뒤에, 그리고 채플린이 아직 세상에 나오기 전에 지어진 것들이지만, 감성이 풀풀 묻어난다는 점에서 공자와 채플린이 접했더라면 열렬한 애호가가 됐으리라고 믿어 의심치 않는다.

　이 책은 〈한시 사계1〉의 후속으로 출판된 것으로 여타 지은이 말은 전편의 것으로 가름하기로 한다.

2018. 2. 10 청주 연구실에서 저자 씀

차례

가을

겨울

한시 속 인생을 묻다

봄

안방의 춘정

화사한 날에 여기저기 꽃이 피고 싹이 돋고 새가 우는 봄은 그야
말로 꿈의 계절임이 분명하다. 이 좋은 계절에 사람들의 마음은 설렘으로 가득
차게 되기 마련이다. 그러나 봄이 꼭 즐겁지만은 않은 사람들도 있으니, 사랑
하는 사람과 떨어져 있는 사람들이 바로 그들이다. 특히 결혼한 지 얼마 되지
않은 새댁이 한창 사랑스러운 남편과 떨어진 채, 홀로 맞이하는 봄은 기쁨이라
기 보다 차라리 고통이다.

조선의 시인 이옥봉李玉峰은 이러한 새댁의 모습을 실감나게 그리고 있다.

0 · 봄

안방의 춘정 春情

有約來何晚
유 약 래 하 만
약속은 했건만 오는 게 어찌 이리 늦는지

庭梅欲謝時
정 매 욕 사 시
뜰에 핀 매화 시들려고 하는 때가 되었네

忽聞枝上鵲
홀 문 지 상 작
홀연 가지 위에서 까치 소리 들리자

虛畵鏡中眉
허 화 경 중 미
거울 보고 공연히 눈썹을 그려 보네

감성메모

무슨 일로 어딜 간 것일까? 새댁의 남편은 집을 떠난 지 이미 오래다. 아무런 기약 없이 떠난 것이라면, 차라리 아픔이 덜할 것이다. 그러나 그녀의 남편은 굳은 기약을 분명히 하고 떠났었다. 날짜를 못 박은 것은 아니었지만, 봄에는 돌아오겠다고 한 것이다. 새댁은 그 말을 믿고 겨울의 긴긴밤 독수공방을 참아낼 수 있었다.

어차피 겨울은 안 오리라 생각했기에 초조한 마음이 없었다. 그러다가 막상 약속의 봄이 오자, 조바심이 나기 시작했다. 피 말리는 기다림의 시간이 시작된 것이다. 마당에 처음 꽃이 필 때만 해도 남편이 곧 돌아오리라는 기대감이 충만했기 때문에 그 조바심은 행복한 조바심이었지만, 하루하루 시간이 갈수록 차츰 고통의 조바심으로 바뀌어 갔다. 그러기를 몇 달, 이윽고 마당에 매화꽃이 지기 시작하였다.

약속의 시간인 봄이 떠날 채비를 하는데도 남편 소식은 감감무소식이다. 초조해질 대로 초조해진 새댁은 어쩔 줄을 몰라 하고 있는데, 이때 홀연 마당 나뭇가지 위에서 까치 우는 소리가 들리는 것이 아닌가?

까치가 울면 반가운 손님이 온다는 말을 이 순간만큼은 꼭 믿고 싶었을 것이다. 그래서인지 새댁은 얼른 거울 앞으로 가서 연필로 눈썹을 그렸다. 기다리던 남편이 곧 올 것 같은 예감이 들었던 것이다. 그러나 까치 울음은 끝내 믿을 게 못 되었으니, 눈썹을 그린 새댁의 심정은 어떠했을지 짐작이 가고도 남는다.

봄은 기다림을 더욱 초조하게 만드는 심술궂은 계절이다. 봄 풍광이 아무리 아름다워도 사람이 그것을 즐길 여유가 없으면, 그것은 도리어 속을 박박 긁는 애물단지에 불과하다.

벚꽃 유감

배경　봄은 하루가 다르게 모습을 바꾸어 간다. 매화부터 시작하여 산수유, 개나리, 목련, 진달래. 각양각색의 야생화들이 자고 나면 봄 무대의 주인공으로 번갈아 등장하여, 관람객들의 정신을 쏙 빼놓곤 한다.

　이렇듯 세상 모습을 바꾸어 놓는 봄꽃들 중에서도 가장 단시간에 압도적으로 세상을 바꿔 놓는 것으로는 단연 벚꽃을 꼽지 않을 수 없다. 하룻저녁에 세상의 모습을 바꾸는 벚꽃에 대해 고래의 시인 묵객들은 온갖 표현을 만들어냈는데, 근대의 승려 시인 한용운韓龍雲도 그중의 하나이다.

벚꽃 유감　13

벚꽃 유감　見櫻花有感

昨冬雪如花
작 동 설 여 화 　지난 겨울은 눈이 꽃과 같더니

今春花如雪
금 춘 화 여 설 　올봄은 꽃이 눈과 같구나

雪花共非眞
설 화 공 비 진 　눈도 꽃도 모두 진짜가 아니거늘

如何心欲裂
여 하 심 욕 렬 　내 마음 찢어지려 함을 어찌할 거나

스토리　겨울의 산야에는 꽃이 없다. 그리고 일부 상록수를 제외하고는 나뭇잎마저 떨어지고 없어서 삭막하기 그지없다. 이처럼 삭막한 겨울 산야를 일시에 다른 모습으로 변모시키는 것이 있으니, 다름 아닌 눈이 그것이다.

하루 전까지만 해도 삭막한 빈 가지에 불과했던, 산야의 나뭇가지들 위에는 하룻밤 새 하얀 꽃들이 풍성하게 피어 앉았다. 그러나 겨울나무에 앉은 눈은 비록 어느 꽃보다도 아름답긴 해도 꽃은 아니다. 다만 꽃처럼 느껴질 뿐이다.

겨울에 마치 꽃이 핀 것처럼 세상을 다른 모습으로 바꾸는 눈과 흡사한 것을 봄에 찾는다면, 단연 벚꽃이다. 벚꽃은 눈이 아니지만, 늘어선 벚나무에 자고 나니, 하얗게 만개한 모습은 눈이 내려앉은 모습을 방불한다.

사람들의 심사는 참으로 묘하다. 겨울에는 눈을 보고 벚꽃을 연상하고, 거꾸로 봄에는 벚꽃을 보고 눈을 연상한다. 그러나 따지고 보면, 눈은 눈일 뿐이고, 꽃은 꽃일 뿐이다. 더 나아가 승려였던 시인의 눈에는 꽃이고 눈이고 모두 참[眞]이 아니다. 그저 겉으로 드러나는 껍데기일 뿐이다.

공즉시색空卽是色, 색즉시공色卽是空을 설법하는 승려이기에, 시적 안목도 남다른 데가 있다. 눈이 내려도, 꽃이 피어도 혼탁과 무법을 벗어나지 못하는 세상의 모습에 시인은 가슴이 갈가리 찢어지는 고통을 느끼고 있었던 것이다.

시사점 계절에 맞추어 자연이 보여 주는 장관은 인간에게는 경이驚異일수밖에 없지만, 그렇다고 마냥 반가운 존재만은 아니다. 겨울에 내리는 눈과 봄에 피는 벚꽃은 경이 중에서도 경이이지만, 중요한 것은 그것을 받아들이는 사람의 심사이다. 어지러운 인간사에 자연이 던져 주는 경이는 때론 부담으로 다가오기도 한다.

감성메모

봄의 탄식

배경 나이가 들수록 사람들은 시간이 빠르다고 느끼게 마련이다. 기쁘거나 아름다운 시간은 더 빨리 가는 것처럼 느껴지기도 한다. 이처럼 같은 길이의 시간이라 하더라도 상황에 따라 다른 길이로 인식되는 것은 흔한 일이다. 그러면 사계절 중에서 가장 짧게 느껴지는 계절은 무엇일까? 사람에 따라 다르겠지만, 아마도 봄을 꼽는 사람이 제일 많을 것이다.

　과학적인 분석으로도 봄이 짧아진 결과가 자주 보고되긴 하지만, 사람들이 봄이 짧다고 느끼는 것은 대부분 정서상의 인식에서 기인한 것이다. 올 때는 느릿느릿 기어 왔다가 갈 때는 후다닥 뛰어가는 봄에 대해 아쉬움을 느끼지 않을 사람은 없을 것이다.

　송宋의 시인 왕안석王安石도 마찬가지였다.

봄의 원망　春怨

掃地待花落 _{소 지 대 화 락}	땅 쓸고 꽃잎 떨어지기 기다리는 것은
惜花輕著塵 _{석 화 경 착 진}	꽃잎에 먼지 함부로 달라붙을까 봐서라네
遊人少春戀 _{유 인 소 춘 련}	상춘객들은 봄 아끼는 마음이 적은지
踏花却尋春 _{답 화 각 심 춘}	꽃잎 밟으면서 봄을 찾아 나선다네

스토리　흔히 사람들에게 꽃이 피는 것은 기쁜 일로, 꽃이 지는 것은 슬픈 일로 받아들이는 것으로 말들을 하지만, 이것을 일률적으로 규정하는 것은 어리석은 일이다. 왜냐하면 사람들이 각자 처한 상황에 따라 느끼는 바가 달라지기 때문이다.

한 가지 분명한 것은 꽃이 피는 것 자체가 슬프고, 꽃이 지는 것 자체가 기쁜 일은 아니라는 것이다. 시인은 피고 지는 것을 떠나 꽃을 아낀다. 그래서 떨어진 꽃조차 함부로 대하지 않는다. 이것은 시인이 꼭 봄을 사랑해서가 아니다. 봄을 담담히 받아들이되, 봄 풍광을 있는 그대로 아끼고 즐기는 달관의 경지를 보여 주고 있다. 그래서 시인의 꽃을 대하는 모습은 봄을 호들갑스럽게 즐기려는 사람들하고는 차원이 다른 것이다.

꽃이 질 것에 대비하여, 시인은 마당을 깨끗이 쓸고 있다. 그 이유는 떨어진 꽃에 먼지가 달라붙을까 봐서이다. 그런데 꽃을 즐긴다는 상춘객들의 모습은 어떠한가?

봄을 좋아한다고 말하면서도 실제 하는 행동을 보면, 봄을 전혀 아끼지 않는다. 떨어진 꽃잎을 마구 밟으며, 봄을 찾으러 다니는 모습은 떨어질 꽃을 위해 마당을 쓰는 시인의 모습과 너무나 대조적이다.

시사점 봄은 꽃으로 시작해서 꽃으로 끝난다고 해도 과언이 아니다. 사람들은 꽃에 환호하지만, 꽃을 아낄 줄은 모르는 경우가 많다. 실제로 봄을 아끼고 즐길 줄 아는 사람이라면, 꽃을 즐기기에 앞서 꽃을 아끼기부터 해야 한다. 지는 꽃을 위해 마당을 깨끗이 쓰는 마음을 헤아리는 것만으로도 설레지 않은가?

감성메모

배경 엄밀히 말해, 봄을 보낸다는 말은 성립이 되지 않는다. 봄이 오고 가는 것은 인간의 의지와는 무관한 자연의 섭리 영역이기 때문이다. 그러나 사람들은 마치 자신들이 봄을 맞기도 하고 보내기도 하는 것처럼 말들을 하곤 한다. 이러한 언어 관습으로부터 봄에 대한 인간의 애착이 얼마나 큰지를 알 수 있다. 이러한 봄에 대한 애착은 봄이 오고 갈 때, 마치 귀한 손님이 왔다가 가기라도 하는 것처럼 영송迎送의 의식을 만들기도 하였다.

당唐의 시인 왕유王維도 봄이 가는 것에 감회가 없을 수 없었다.

송춘사 送春詞

日日人空老 일 일 인 공 로	하루하루 사람은 부질없이 늙어 가는데
年年春更歸 연 년 춘 갱 귀	해마다 봄은 다시 돌아오네
相歡有樽酒 상 환 유 준 주	한 동이 술 있는 걸 즐기면 되지
不用惜花飛 불 용 석 화 비	꽃 날리는 것을 애석해 할 필요는 없네

스토리 꽃이 지는 것을 보고 봄이 또 지나가는 것을 느낀 시인이 맨 먼저 한 일은 냉정하게 세상을 관조하기였다. 그 이유는 봄이 지나가는 것을 자연의 섭리로 담담하게 받아들이기 위한 것이었지만, 그것이 쉬운 일은 아니었다. 봄 이야 해가 바뀌면 또 돌아오지만, 자신을 포함한 사람들의 삶은 전혀 그렇지 못한 것이라는 것을 익히 알고 있었던 것이다.

부자든 가난하든, 힘이 있든 힘이 없든, 이름이 있든 이름이 없든, 사람은 예외 없이 하루가 가면 그 하루만큼 늙어갈 뿐, 결코 젊어지는 일은 없다. 꽃이 지고 따라서 봄이 가는 것을 안타깝게 여기는 것이 일반적이지만, 시인은 그렇지가 않다. 봄은 다시 오게 되어 있으니 슬퍼할 일이 없지만, 여기에 대비되는 것이 바로 사람의 삶이다.

불가역성不可逆性의 삶은 흔히 무상감이나 비애감으로 귀결되기 마련이지만, 시인의 경우는 그렇지가 않다. 그러면 시인이 무상감과 비애감을 극복한 비결은 무엇일까? 그것은 바로 자연과 인생을 관조하는 것이다.

술을 마시면서 지금의 순간을 즐기고자 한 것이다. 술이 없으면 어떨까?

술은 그저 있으면 마시고 없으면 안 마시면 그뿐이다.

중요한 것은 술이 아니고 관조적 삶의 자세이다. 관조적 삶을 사는 시인에게 꽃이 지는 것은 애석해 할 일이 전혀 아니다.

시사점 꽃이 지고 봄이 가는 것은 애석한 일이라고 생각하는 것이 보통이다. 아름다운 꽃이 사라지고, 세월이 흘러가는 것이 유한한 삶을 사는 인간으로서는 슬프지 않을 리가 없다. 자연의 섭리에 순응하고 관조적 삶의 자세를 갖는 것이야말로 이러한 슬픔을 이겨 낼 수 있는 유일한 길이 아닐까?

감성메모

산과 꽃

배경 산에 꽃이 없다면, 그 산은 밋밋하니 재미가 없을 것이다. 사람들은 꽃을 찾아 산에 가지만, 알고 보면 산의 주인은 꽃이 아니다. 꽃은 그저 잠깐 들렀다 가는 나그네일 뿐이다. 산의 주인은 산 그 자체라는 것을 깨닫기 위해서는 산에 오래 머물러 보아야 한다.

산을 눈여겨본 사람에게 산은 꽃이 없다 해서 결코 밋밋하니 재미없는 존재가 아니다. 꽃이 피었다 지는 것은 산에서 일어나는 수많은 사건들 중 일부일 뿐이다. 한시도 쉬지 않고 변화를 추구하는 것이 산이고, 그래서 산은 아무리 봐도 질리지 않는다.

송宋의 시인 왕안석王安石은 산과 꽃에 대해 이렇게 읊고 있다.

산을 다니다　遊鐘山

終日看山不厭山
종 일 간 산 불 염 산
종일토록 산을 봐도 산은 싫지가 않아

買山終待老山間
매 산 종 대 노 산 간
산을 전세 내어 그곳에서 늙어 가리라

山花落盡山長在
산 화 낙 진 산 장 재
산에 핀 꽃 다 져도 산은 그대로이고

山水空流山自閑
산 수 공 류 산 자 한
산골 물 흘러도 산은 절로 한가롭구나

스토리　종산鐘山은 난징[南京] 북쪽 외곽에 자리한 산으로, 지금 이름은 쯔진산[紫金山]이다. 옛날부터 자연 풍광이 뛰어나고, 문화 유적지가 많아서 수많은 시인묵객들이 찾아들었던 곳이다.

왕안석도 만년에 이곳에 들를 기회가 있었는데, 그는 산 이곳저곳을 두루 다니면서 느낀 바를 짧은 시에 담았다. 그런데 시인은 특이하게도 산의 수려한 풍광에 대해서는 한마디도 언급하지 않았다. 대신 산 자체에 대한 철학을 설파하는 데다 온 지면을 할애하고 있다.

시인은 산을 온종일 쏘다니며 보았지만, 전혀 싫증이 나지 않는 것에 스스로도 깜짝 놀랐다. 이유는 설명할 수 없지만, 산이라면 남은 여생을 편안하고 즐겁게 보낼 것 같다는 느낌을 받았다. 그래서 시인은 약간은 엉뚱한 생각을 하게 되는데, 산을 아예 통째로 전세 내어, 거기서 여생을 보내야겠다고 맘먹은 것이 그것이다.

시인이 실제로 이 산을 전세 내어 여생을 보내지는 않았지만, 이 산에 자신이 얼마나 매료되었는지를 나타내기에는 충분하였다.

그럼 시인이 반한 산의 매력은 무엇이었을까? 그것은 항상성恒常性이었다. 꽃은 피고 지지만 산은 묵묵히 제자리에 있고, 물이 흘러가도 산은 여유만만한 모습으로 그 자리를 지킨다.

꽃이 피었다 지고, 물이 흘러왔다 흘러가고, 산속은 연중무휴로 변화가 일어난다. 그러나 정작 변하지 않는 것 하나가 있으니, 바로 산 자신이다. 이러한 의미에서 사람들에게 산은 불변의 믿음을 주는 아버지 같은 존재가 아닐 수 없다.

배경 사람들이 사물을 보는 시각은 크게 두 종류가 있다. 하나는 관찰과 분석을 통해 과학적으로 보는 것이고, 하나는 사물이 지닌 외형적 이미지를 통해 사람의 경우에 대입해서 정서적으로 보는 것이다. 전자는 사물을 이용하기 위한 시각인 데 비해 후자는 사물을 통해 사람을 비추어 보기 위한 시각이다.

십장생 중의 하나인 학은 사람들이 정서적 시각으로 바라보는 대표적 사물이다. 학이 오래 산다는 것은 관찰의 결과이지만, 사람들이 학이 걷고 나는 모습을 보고 춤을 떠올리는 것은 사람의 관점에서 학을 바라본 결과이다.

당唐의 시인 백거이白居易는 학에 대한 사람들의 고정 관념을 시로 읊고 있다.

학 鶴

人有各所好 인 유 각 소 호	사람마다 각각 좋아하는 바가 있고
物固無常宜 물 고 무 상 의	사물은 원래 항상 마땅히 그래야만 한 것은 없다네
誰謂爾能舞 수 위 이 능 무	누가 학 너를 춤 잘 춘다고 했나
不如閑立時 불 여 한 입 시	한가롭게 서 있는 때만 못한 것을

스토리 멀리서 대충 보면 사람은 비슷한 것 같지만, 가까이서 자세히 보면 사람은 모두 다르다. 그래서 좋아하는 것도 사람마다 각자 다를 수밖에 없다. 적어도 시인이 관찰한 바로는 그렇다. 그러면 사람이 아닌 사물은 어떠할까?

사물은 피상적으로 보면 언제나 같은 모습이지만, 자세히 보면 한시도 같은 적이 없다. 사람들은 특정 사물을 보면 으레 어떠할 것이라는 선입견을 갖기 쉬운데, 따지고 보면 사물에게는 본디 항상 그래야만 하는 모습은 있을 수 없다. 이 또한 통찰력 있는 시인의 오랜 관찰 결과이다.

시인은 학이라는 새를 예를 들어 설명을 시도한다. 사람들은 학을 보고 춤을 잘 춘다고 하지만, 따지고 보면 학은 춤을 추는 것이 아니다. 학에게는 아예 사람들이 만든 춤의 개념 자체가 없다. 학이 걷고 날고 하는 모습이 우연히 사람들의 춤사위와 비슷할 뿐이라는 것이 시인의 생각이다. 춤을 잘 춘다고 생각하는 것은 학에 대한 고정 관념일 뿐이다. 그래서 시인의 눈에는 학이 춤 출 때보다 한가롭게 서 있을 때가 더 낫게 보인다.

시사점 꾀꼬리는 노래를 잘 하고, 국화에게는 과연 오상고절傲霜孤節이

있는가? 그것도 항상 변함없이 말이다. 답은 그렇지 않다는 것이다. 학이 춤을

잘 춘다는 것도 마찬가지이다. 모두가 사람들이 만들어 낸 고정 관념일 뿐이

다. 고정 관념을 만든 것도 사람이지만, 고정 관념을 깨는 것 또한 사람이다.

감성메모 _____

봄눈

배경 평소 차분한 사람일지라도 봄 맞는 일에는 성급함을 보이는 경우가 많다. 봄맞이에는 다른 계절을 맞이하는 것과는 다른 무언가가 있기 때문일 것이다. 과연 그것은 무엇일까? 아마도 간절함일 것이다. 사계절 중 가장 혹독한 겨울을 지나고 오는 계절이기 때문에 봄에 대한 기다림은 그만큼 간절할 수밖에 없을 것이다. 그런데 간절한 기다림에는 꼭 훼방꾼이 있게 마련이다. 봄을 간절히 기다리는 사람들에게 봄이 오는 것을 훼방하는 존재가 있다면, 이는 무척 얄미울 것이다.

당唐의 시인 동방규東方虯는 봄의 훼방꾼 중 대표격인 춘설春雪을 어떻게 노래하였을까?

봄눈　春雪

春雪滿空來
춘 설 만 공 래

觸處似花開
촉 처 사 화 개

不知園裏樹
부 지 원 리 수

若箇是眞梅
약 개 시 진 매

봄눈이 공중 가득 내리는데

닿은 곳마다 마치 꽃이 핀 듯하구나

정원 안 나무에서는 알 수 없어라

어느 것이 진짜 매화인지 모르겠네

스토리　눈은 겨울의 전유물이 아니다. 가을에도 봄에도 종종 오는 것이 눈이다. 그렇게 보면, 봄눈은 사람들에게 그리 낯선 존재는 아니다. 이러한 봄눈은 떠나는 겨울에 대한 미련의 의미로 다가오기보다는, 오는 봄에 대한 훼방꾼으로 간주되는 경우가 더 많을 것이다. 그런데 이 시의 시인의 눈에는 춘설이 봄 훼방꾼으로 보인 것 같지는 않다. 공중에 가득하다고 한 것으로 보아 봄눈 치고는 적지 않은 눈이지만, 시인의 눈에 그 모습은 차갑거나 우울한 느낌으로 다가온 것은 아니다. 도리어 꽃이 피는 것처럼 화사하게 느껴진다. 설중매雪中梅라는 말이 있듯이, 매화나무 가지에서 매화꽃과 눈이 만나는 일은 흔히 있는 일이다. 매화는 추위에도 불구하고 이른 봄에 꽃을 피우는데, 그 모습이 얼핏 보면 마치 흰 눈이 내려앉은 것처럼 보이기도 한다. 그런데 그 위에 눈이 얹어지면, 어떤 것이 눈이고 어떤 것이 매화꽃인지 구분하기 어려울 수도 있다. 대낮에 자세히 보면 구분이 안 될 리 없겠지만, 시인은 짐짓 구분이 안 되는 양 너스레를 떨고 있는 것이다.

시사점 계절이 바뀌는 것은 자연의 섭리이다. 그래서 봄이 오는 것을 막을 수 있는 것은 아무것도 없다. 겨울처럼 눈이 내린다고 해서 봄이 오는 것이 멈추지는 않는다. 눈을 봄의 훼방꾼으로 보는 시각도 따지고 보면 가벼운 투정일 뿐이다. 봄이 오는 것이 어길 수 없는 일임을 안다면, 눈은 봄의 천덕꾸러기가 아니라 봄꽃만큼이나 어여쁜 존재가 아니겠는가?

감성메모

봄 찾기

배경 사계절이 뚜렷한 지역에서 사는 사람들이 제일 기다리는 것은 아마도 봄일 것이다.

석 달 남짓한 겨울은 삭막하고 쓸쓸해서 마냥 길게 느껴지는데, 이 혹독한 겨울을 이겨내는 힘은 바로 얼마 안 있어 봄이 올 것을 믿는 기대감이다.

그러나 봄은 야속하게도 빨리 오라고 보챈다고 해서 결코 빨리 오는 법이 없다. 때가 되어야 비로소 온다는 사실을 모를 리 없지만, 성미 급한 사람들은 가만히 앉아서 봄을 기다릴 수가 없다. 그래서 봄을 찾아 산야로 나서곤 했는데, 송宋의 시인 대익戴益도 그런 사람 중의 하나였다.

봄을 찾아서 探春

終日尋春不見春 종 일 심 춘 불 견 춘	하루 종일 봄을 찾았으나 찾지 못한 채
杖藜踏破幾重雲 장 려 답 파 기 중 운	지팡이 짚고 몇 겹 구름까지 갔었던가
歸來試把梅梢看 귀 래 시 파 매 초 간	집에 돌아와 매화 가지 슬쩍 바라보니
春在枝頭已十分 춘 재 지 두 이 십 분	봄은 가지 끝에 이미 흥건하더라

스토리 무엇을 기다리든 기다림은 막바지가 제일 어렵기 마련이다. 봄도 마찬가지이다.

며칠 방 안에 조신히 있으면 알아서 올 것을, 그 며칠을 못 기다리고 기어이 방문을 열고 나서고 말았다.

그러나 애당초 찾아 나선다고 찾아질 봄이 아니다. 이것을 모를 시인이 아니지만 그래도 조바심을 다스리기는 이만한 것도 달리 없었을 것이다.

그래도 시인은 종일토록 들이며 산이며 여기저기를 돌아다니며 봄을 찾았지만, 끝내 봄을 만날 수 없었다. 심지어는 명아주대로 만든 지팡이를 짚고 구름이 겹겹이 둘러싼 깊은 산속까지 가보기도 하였지만 허사였다. 그래서 시인은 낙담한 끝에 집으로 돌아올 수밖에 없었다.

그런데 이것이 어떻게 된 일인가? 며칠 산속을 헤매다 집에 돌아와 보니, 마당 매화나무에 꽃이 피어 있지 않은가? 그것도 나뭇가지 끝에 활짝 말이다.

어떻게 된 일일까? 여기서 간과하지 말아야 할 것이 있으니, 그것은 시인이 봄을 찾아 산속 깊은 데까지 다녀오는 동안 상당한 시간이 흘렀다는 사실이다.

그래서 시인이 봄을 찾아 떠날 때는 피지 않았던 매화꽃이 그 사이 개화의 시기를 맞았던 것이었다.

시사점 같은 석 달이라 하더라도 사계절 중 겨울은 유난히 길게 느껴진다. 춥고 삭막해서 겨울은 지내기 어렵기 때문이다. 그래서 사람들은 겨우 내내 봄이 오기만을 학수고대鶴首苦待한다. 그러나 기다림은 기다림일 뿐이다. 사람의 몫은 기다리는 것일 뿐, 봄의 도래는 결국 시간의 몫이다. 성미가 급해서 봄을 찾아 나선들 봄을 찾을 수는 없다. 봄은 때가 되면 알아서 온다.

감성메모

매란와 봄

배경 흔히 초봄에 날씨가 추울 때 쓰는 말로 춘래불사춘春來不似春이란 말이 있지만 사실 이 말은 추운 날씨 때문에 나온 말은 아니다. 봄이 되어 날은 풀렸지만 꽃이 보이지 않는 삭막한 풍광에서 말미암은 말인 것이다. 이 반대의 상황도 있다. 꽃이 피어 봄이지만 날씨는 여전히 추워 봄 같지 않은 경우가 그것이다.

음력 2월에 핀다 하여 이월화二月花라고 불리는 매화는 추운 날씨에 꽃을 피워 봄 분위기를 선도하는 역할을 하는 꽃이다.

당唐의 시인 운수평惲壽平이 만난 매화도 추운 봄의 매화였다.

매화 그림 梅畵圖

雪殘何處見春光
설 잔 하 처 견 춘 광

아직 잔설이 남았는데 어디서 봄빛을 찾을까

漸見南枝放草堂
점 견 남 지 방 초 당

초당 남쪽에 매화나무 꽃가지 점점 피어나네

未許春風到桃李
미 허 춘 풍 도 도 리

따뜻한 봄바람에 복사꽃 살구꽃 피기 전에

先敎鐵幹試寒香
선 교 철 간 시 한 향

쇠같이 단단한 가지에 차가운 향기 먼저 번지네

스토리   달력으로는 봄이지만 날씨는 여전히 한겨울이다. 여기저기 잔설이 남아 있어서 지금이 겨울인지 봄인지 당최 분간이 되지 않는다. 봄의 풍광으로 꽃을 빼놓기 어려운데 어딜 보아도 꽃이 잘 보이질 않는다. 도대체 꽃은 어디 있단 말인가? 그러나 조짐은 있다. 겨우내 마당 한쪽에서 웅크리고 있어 잘 보이지 않던 매화나무의 남쪽 가지가 초가집에 드리워지는 모습이 차츰차츰 보이기 시작한 것이다.

그런데 여태껏 보이지 않던 매화나무 가지가 보이기 시작한 이유는 무엇일까? 바로 꽃이 피기 시작했기 때문이다. 봄이 한창 무르익고 나서야 꽃을 피우는 복숭아와 오얏나무는 초봄의 찬바람 앞에서는 아예 꽃을 피울 엄두를 못 내게 되어 있다.

이것을 시인은 조물주가 이 나무들에게 봄바람이 도달하는 것을 허락하지 않은 것으로 보고 있다. 아무리 조물주일지라도 봄꽃을 본격적으로 피게 하는 대사大事를 앞두고는 긴장이 되는 것은 어쩔 수 없는 모양이다. 그래서 조물주는 연습이 필요했고 그가 연습 대상으로 삼은 것이 바로 매화이다.

겨우내 추위에 굳고 굳어서 쇠막대처럼 단단해진 매화나무 가지로 하여금 시험 삼아 차가운 향기를 피워내도록 한다는 것이다. 추운 날씨에 피는 매화꽃을 조물주의 시험 결과라고 한 것은 감각적이고 재치가 넘치는 표현이 아닐 수 없다. 시인이 그린 매화의 모습은 실제 본 모습이 아니고 그림에서 본 모습이다. 그림에서 본 모습을 실제 이상으로 실감 나게 그려낸 시인의 솜씨가 참으로 탁월하다.

시사점 매화는 봄꽃일까? 아니면 겨울꽃일까? 봄에 피는 겨울꽃이라고 하는 것이 맞을 것 같다. 입춘도 지나고 설도 지나고 날짜상으로는 분명히 봄이 온 것인데 날은 막상 봄이 아니다. 여기저기 잔설이 남아 있고 봄꽃은 꽃망울을 터뜨릴 엄두를 못 낸다.

그래서 사람들은 봄이 온 것을 실감하지 못하는데 이때 봄이 왔음을 확인시켜 주는 역할을 하는 것이 있으니 매화가 바로 그것이다. 날씨가 아무리 춥더라도 사람들은 매화꽃을 보는 순간 이 추위가 얼마 남지 않았음을 직감하고 비로소 안도의 숨을 쉬게 되는 것이다.

감성메모 _____

_____

_____

_____

_____

_____

죽어도 그치지 않다

배경 인생의 성공이란 과연 무엇일까? 이것처럼 답이 다양한 물음도 없을 것이지만 가장 소박하기로는 자신이 하고 싶은 대로 혹은 타고난 천성대로 사는 것일 것이다. 돈벌이가 천성이면 돈을 많이 버는 것이 성공이요, 명예욕이 천성이면, 높은 지위에 올라 이름을 날리는 것이 성공일 것이다. 그러나 보통 이러한 세속적인 성공은 결말이 허무하기 쉽다. 왜냐하면 사람이라면 물질과 외양만으로 충족시킬 수 없는 무언가가 있기 때문이다.

정신적 공허함과 내면의 빈곤은 결코 돈과 명예로 치유될 수 없는 불치병이라고 할 수 있다. 글쓰기가 천성인 사람은 빈궁한 삶에도 글을 쓰는 것에서 만족감과 성취감을 느끼게 마련이다. 당唐의 시인 두보杜甫가 딱 그러했다.

강 위에서　江上値水如海勢聊短述

爲人性僻耽佳句
위 인 성 벽 탐 가 구
사람됨이 편벽하여 좋은 글귀에 탐닉하니

語不驚人死不休
어 부 경 인 사 부 휴
말이 사람을 놀라게 하지 않으면 죽어도 그치지 않으리

老去詩篇渾漫與
노 거 시 편 혼 만 여
늙어 세월 가면서 시편엔 온통 흐트러진 생각 주어지고

春來花鳥莫深愁
춘 내 화 조 막 심 수
봄은 오지만 꽃과 새에도 근심이 깊어지지 않네

新添水檻供垂釣
신 첨 수 함 공 수 조
새로 물 난간 보태지니 낚시 드리울 채비 갖추어졌고

故著浮槎替入舟
고 저 부 사 체 입 주
예부터 뗏목에 붙어서 배 타는 것을 대신했네

焉得思如陶謝手
언 득 사 여 도 사 수
어떻게 하면 도연명과 사령운 솜씨와 같아져

令渠述作與同遊
영 거 술 작 여 동 유
글들로 하여금 그분들의 것과 더불어 노닐게 할 수 있을까?

스토리　시인은 본인의 타고난 성품이 외골수라고 스스로 진단을 내렸다. 무슨 일에 한번 빠지면 거기에 몰두해 다른 일은 아예 거들떠보지도 않는 그런 성품의 소유자라는 것이다. 이러한 외골수 시인이 빠진 것은 다름 아닌 훌륭한 글귀였다. 일필휘지一筆揮之로 단숨에 시를 완성했던 이백과는 달리 시인 두보는 퇴고推敲에 퇴고를 거듭하고 나서야 비로소 시작詩作을 마치곤 했는데, 이는 가구佳句에 탐닉하는 성벽性癖 때문이었다.

그러면 시인이 더 이상 퇴고가 필요 없다고 판단하는 기준은 무엇이었을까?

그것은 바로 독자의 반응이었다. 시인의 시를 읽은 사람이 놀라움을 금치 못하는 모습을 보아야만 비로소 퇴고를 마치고 시를 완성했던 것이다.

비록 죽는다 하더라도 멈추지 않을 정도로 그 작업은 치열하고도 집요하였다.

이처럼 철두철미한 시작 태도를 지닌 시인도 나이를 피해갈 수는 없었는지, 늘그막에는 시작의 집중력이 흐트러져, 새봄의 꽃과 새를 보고도 깊은 감흥이 일지 않았다. 그래서 강에 나가 새로 지은 난간에 기대어 낚시를 드리우기도 하고, 예부터 타던 뗏목을 배 대신 타기도 하면서 기분 전환을 시도해 보지만, 그래도 여전히 옛날 육조 시대의 대시인이었던 도연명과 사령운謝靈運의 경지에 이를 수 없음이 안타까울 뿐이다. 나이 들어서도 오로지 훌륭한 시작만을 염두에 두고 있는 시인의 모습을 잘 보여 주는 대목이 아닐 수 없다.

시사점 사람마다 타고난 성벽이 있다. 억지로 그것을 거스르기보다는, 순리대로 그것을 따라 사는 삶이 훨씬 더 만족스러울 것이다. 자신이 하고 싶어 하는 일에 몰두하면서 사는 인생이 세속적으로 크게 성공한 인생보다 울림을 주는 이유가 바로 여기 있다 할 것이다.

감성메모 _____

봄의 불청객

배경 세상의 모든 일은 단면적이지 않다. 여러 가지 면을 동시에 가지고 있는 다면체인 것이다. 봄도 마찬가지이다. 보통 봄은 긍정적 이미지로만 생각하기 쉽지만 꼭 그렇지만은 않다. 새로운 출발이라는 면, 화사한 면과 같은 긍정적인 면만 있는 것이 아니다.

봄이 피곤하다는 부정적인 면도 봄의 여러 가지 면들 중 하나이다. 사람들이 봄에 나른함을 느끼는 과학적인 이유는 차치하고. 사람들은 춘곤春困을 봄이면 으레 그러려니 하고 자연스럽게 받아들이는 것이 사실이다.

당唐의 시인 백거이白居易도 춘곤을 비켜갈 수는 없었다.

봄잠 春眠

枕低被暖身安穩 침 저 피 난 신 안 온	베개 낮고 이불 따뜻하니 몸이 편안해
日照房門帳未開 일 조 방 문 장 미 개	해가 방문 비추건만 휘장은 아직 걷지 않았네
還有少年春氣味 환 유 소 년 춘 기 미	아직도 젊은 날의 봄기운이 남았는지
時時暫到睡中來 시 시 잠 도 수 중 래	수시로 잠깐씩 꿈속으로 오곤 하네

스토리 춥고 삭막한 겨울이 가고 마침내 봄이 왔다. 새싹은 돋아나고 꽃은 피어나고 세상은 아연 생기가 넘치지만 시인의 몸은 정반대로 나른하기 짝이 없다. 예의 춘곤이 찾아온 것이리라.

낮 동안 나른한 졸음을 참던 시인은 저녁이 되자 비로소 이부자리를 하고 누웠다. 베개가 목 아래를 받쳐 주고 이불은 따뜻하다. 춘곤증으로 몸이 나른하고 졸리던 참이었으니 이보다 더 반가운 것이 또 있을까? 베개를 베고 따뜻한 이불을 덮자마자 몸은 더할 나위 없이 편안해져 절로 잠이 들고 말았다.

해가 방문을 환하게 비추는 데도 아직도 지난밤 쳐놓았던 휘장이 열리지 않고 있는 것을 보면 시인은 여전히 곤한 잠에 빠져 있음을 알 수 있다. 평소와 달리 늦잠을 자고 있는 것인데, 이는 바로 춘곤 때문이다.

그러나 시인은 봄의 불청객인 이 춘곤이 싫지만은 않은 듯하다. 왜냐하면 젊은 시절 자주 느꼈던 그러나 나이 들면서는 좀처럼 느끼지 못했던 봄기운을 다시 느끼게 해주기 때문이다. 특이하게도 젊은 날의 봄기운은 시인이 잠들어 있을 때 꿈속으로만 다시 찾아오곤 했다.

그래서 이를 느끼기 위해서는 잠들 수밖에 없었는데, 춘곤이야말로 봄잠의 촉매제였으니 말이다. 봄의 불청객을 반가운 손님으로 둔갑시킨 시인의 재치가 돋보이는 대목이 아닐 수 없다.

시사점 봄은 따사롭고 화창하다. 그러나 한편으로는 나른하고 피곤하다. 바로 춘곤 현상 때문이다. 사람들은 이를 달갑지 않은 봄의 불청객 정도로 치부하곤 하지만 꼭 그런 것만은 아니다. 비록 초청하지 않은 뜻밖의 손님이 뜻하지 않은 선물을 가져올지 누가 알겠는가? 젊은 날 느꼈던 봄기운을 늘그막에 선물로 받는다면, 이 선물을 가져온 주인공이 춘곤이라면, 그래도 이를 미워할 수 있을까?

감성메모 _____

봄바람은 요술쟁이

배경 봄은 만물이 소생하는 계절이다. 겨우내 땅속에서 웅크리고 있던 생명의 씨앗들이 기지개를 켜고 밖으로 파릇한 싹이 되어 나오고, 겨울 칼바람에 앙상한 가지만으로 버티던 나무들에는 연둣빛 이파리들이 돋아나 나무 본연의 모습이 되살아난다. 봄의 마법이 작동하기 시작한 것이다.

그러면 이 마법의 주인공은 누구일까? 말할 것도 없이 봄바람이다. 겨울의 사납고 매정한 바람을 몰아내고 대지를 점령한 봄바람의 가장 큰 무기는 따스함과 촉촉함이다. 봄바람은 이 무기들을 자유자재로 휘둘러서 대지에 생명의 향연을 연출한다.

송宋의 시인 방악方岳은 봄바람의 일거수일투족을 놓치지 않고 지켜보았다.

춘사 春思

春風多可太忙生	춘 풍 다 가 태 망 생	봄바람은 할 수 있는 일이 많고 너무 바빠서
長共花邊柳外行	장 공 화 변 류 외 행	긴 시간 꽃 가와 버들 밖으로 지나다닌다
與燕作泥蜂釀蜜	여 연 작 니 봉 양 밀	제비는 진흙집을 짓게 해주고 벌은 꿀을 빚게 하며
纔吹小雨又須晴	재 취 소 우 우 수 청	잠깐 짬을 내 보슬비를 불어 날리니 날은 또 개리라

스토리 세상에는 여러 가지 불가사의한 기적들이 많이 있지만 이들 중에서도 가장 불가사의한 것은 뭐니뭐니 해도 죽은 것이 되살아나는 기적일 것이다. 이 기적을 행할 수 있는 재주를 지닌 것이 바로 봄바람이다. 봄바람은 기적의 마법사이자 요술쟁이이다. 도대체 못 하는 일이 없고 안 닿는 데가 없다.

겨우내 죽어 있던 사물들을 분주하게 찾아다니며 하나하나 생기를 불어넣어 준다. 꽃이면 꽃, 잎사귀면 잎사귀, 어느 것 하나 봄바람의 입김 없이 세상에 존재할 수 없다.

봄바람은 언제나 온갖 꽃들의 주변을 맴돌며 그들을 활짝 피어나도록 하는가 하면 버드나무 외곽으로도 빙빙 돌며 버드나무에게 생명력을 쉼 없이 불어넣는다. 봄의 대지를 화려하게 수놓는 형형색색의 꽃들과 봄의 창문에 연록의 커튼을 드리우는 버드나무 가지야말로 봄바람 마법사가 만들어낸 걸작이 아닐 수 없다.

봄바람의 오지랖은 여기에서 그치지 않는다. 겨울에는 보이지 않다가 봄이 되자 어디선가 제비와 벌이 나타난 것도 알고 보면 봄바람의 연출이다. 제비는 진흙을 물어다가 둥지를 새로 단장하고 벌은 부지런히 꽃들을 순례하며 꿀을 빚어낸다. 모두가 봄바람의 지시에 따른 액션들이다. 이뿐만이 아니다. 봄바람은 심지어는 날씨마저 마음만 먹으면 바꿀 수 있다.

보슬비가 대지를 촉촉이 적시는 일을 마쳤다 싶으면 곧장 그것을 불어 밀어내고 그 자리에 화창한 햇살이 쏟아져 내리도록 하니 말이다.

봄의 구석구석을 하나도 놓치지 않고 예리한 눈으로 읽어낸 시인의 눈썰미와 그것들 모두가 봄바람이 연출한 것으로 둘러대는 시인의 능청이 잘 어우러져 읽는 이로 하여금 경탄과 유쾌함을 맛보게 한다.

시사점 물은 낮은 데로 흐르지만 바람은 높낮이를 가리지 않는다. 특히 봄바람은 하늘로 땅으로 대지의 구석구석을 놓치지 않고 부지런히 누빈다. 그래서 꽃을 피워내고 나뭇잎을 돋운다. 보슬비가 내리는 어두운 분위기를 밝은 빛으로 바꿔 놓기도 한다. 이처럼 봄의 모든 것을 만들고 연출하는 봄바람에게, 모든 것을 마음먹은 대로 척척 해내는 요술쟁이야말로 가장 잘 어울리는 별명이 아닐까?

감성메모

농촌의 봄

배경 세상 어느 것이나 그것이 있기에 가장 잘 어울리는 곳이 있게 마련이다. 봄도 마찬가지이다. 물론 안 그런 사람도 있겠지만 봄이 가장 잘 어울리는 곳은 들녘이라고 생각하는 사람들도 적지 않을 듯하다. 온갖 꽃들과 나무, 새들로 가득 찬 산이나 봄꽃을 잘 갖추어 놓은 정원에서 봄은 더 화려할 수 있지만 이는 그저 구경거리일 뿐이다.

이에 비해 들판에 있을 때 봄은 산과 정원에 있는 것에 비해 화려함은 덜할지 모르지만 느낌은 훨씬 더 강렬하다. 왜냐하면 들판의 봄은 멀리서 구경만 하는 게 아니라 직접 만지고 보고 냄새 맡을 수 있기 때문이다.

당唐의 시인 왕유王維는 이러한 들판의 봄을 만나는 행운을 누릴 수 있었다.

들녘의 봄 春中田園作

屋上春鳩鳴 옥 상 춘 구 명	지붕 위에 봄 비둘기 울고
邨邊杏花白 촌 변 행 화 백	마을 주변에 살구꽃이 희다
持斧伐遠揚 지 부 벌 원 양	도끼를 들고 높은 가지를 베고
荷鋤覘泉脈 하 서 첨 천 맥	가래를 메고 수맥을 찾아보노라
歸燕識故巢 귀 연 식 고 소	돌아온 제비는 옛 둥지 알아보고
舊人看新曆 구 인 간 신 력	옛 친구는 새 달력을 보는구나
臨觴忽不御 임 상 홀 부 어	술잔을 보고도 갑자기 먹지 못하고
惆悵遠行客 추 창 원 행 객	먼 길 떠난 친구 생각에 서글퍼진다

스토리   시골 농가의 지붕 위에 비둘기가 한가히 앉아서 울음을 울고, 마을 주변으로 살구꽃이 하얗게 흐드러지게 피어 있다. 전형적인 시골 마을의 봄 풍광이다. 그러나 화려하지 않고 수수한 느낌이다. 농가의 지붕이나 마을의 가장자리와 같은 장소가 워낙 상춘賞春이라든가 행락과는 거리가 먼, 너무나 소박한 생활의 공간이기 때문이다.

이러한 농촌 마을에서 봄은 구경거리가 아니라 겨울에 쉬고 있던 농사를 다시 시작하라는 하늘의 신호인 것이다. 지붕의 비둘기 울음과 마을 주변의 살구꽃 개화를 신호로 농부는 이런저런 농구農具를 들고 일터로 나선다. 도끼를 들고 겨우내 묵혀 주어 웃자란 나뭇가지를 잘라내고, 가래를 어깨에 걸머지고 겨울을 지나며 막혀 있던 물길을 찾아서 다시 터놓는다.

가볍고 산뜻한 봄옷을 입고 꽃구경 나서는 모습과는 판이하게 다른 봄의 또 다른 모습이다. 그렇다고 춘흥이 없을 수는 없다. 다만 화려하지 않을 뿐이다. 만남도 있고 헤어짐도 있다. 제비는 돌아와서 예전에 살던 둥지를 용케도 알아보고 찾아가는 재회가 있는가 하면, 새 달력을 보고 일을 찾아 떠나는 친구와의 이별도 있는 것이 봄이다. 그래서 봄은 기쁘기도 하지만 그보다는 슬픈 여운이 더 강하다. 이별을 위해 마련한 술자리에서, 시인이 마주한 술잔을 갑자기 멈춘 것은 먼 길 떠나갈 친구 생각에 서글픔이 밀려들었기 때문이다.

시사점 만물이 소생하는 봄은 따뜻하고 화려하고 기쁜 느낌으로 각인되어 있지만 이면을 들여다보면 꼭 그러한 것만은 아니다. 한 해 농사를 시작하는 농부에게 봄은 분주하고 힘겨운 노동으로 다가오며, 해가 바뀌면서 심기일전하여 새 일을 찾아 떠나야 하는 친구를 둔 사람에게 봄은 슬픈 이별로 찾아올 테니 말이다. 농촌 마을의 봄은 화려하고 기쁘지만은 않지만 이것이야말로 구경거리가 아닌, 실제 생활 공간에서 부딪히는 봄의 제 모습 아니겠는가?

감성메모

봄, 상심의 계절

배경　봄은 그 자체로 화려한 스포트라이트를 받는 주인공이면서, 동시에 세상의 온갖 주인공들이 오르고 싶어 하는 무대이기도 하다. 봄의 무대는 각양각색의 꽃들과 연록의 나뭇잎, 푸릇푸릇한 풀, 사랑의 화음을 쉴 새 없이 울어대는 새들로 꾸며져 있다.

　이러한 봄의 무대 위에 오르는 주인공들은 암울하고 긴 겨울의 터널을 지난 환희를 온몸으로 그려낸다. 그러나 환희는 오래가지 않는다. 환희의 물결 뒤로 기다림과 그리움이라는 슬픔과 회한의 물결이 곧장 뒤따라오기 때문이다.

　당唐의 시인 이백李白도 예외 없이 봄의 무대에 올라 벗에 대한 그리움을 연기했다.

이른 봄날 벗에게 부침 早春寄王漢陽

聞道春還未相識 문 도 춘 환 미 상 식	봄날이 돌아왔다 소식 들었으나 아직 몰라서
走傍寒梅訪消息 주 방 한 매 방 소 식	차가운 매화나무로 달려가 소식을 찾아본다
昨夜東風入武陽 작 야 동 풍 입 무 양	어젯밤 봄바람이 우창에 불어 들어
陌頭楊柳黃金色 맥 두 양 류 황 금 색	밭두둑의 버드나무 황금빛 물결이로다
碧水浩浩雲茫茫 벽 수 호 호 운 망 망	푸른 물결 넓고 넓어 구름은 아득하여라
美人不來空斷腸 미 인 불 래 공 단 장	미인이 오지 않으니 공연히 마음만 아파라
預拂靑山一片石 예 불 청 산 일 편 석	미리 푸른 산의 한 바위 털어놓고
與君連日醉壺觴 여 군 련 일 취 호 상	그대와 며칠간이나 술에 취해 보려네

스토리 여기저기서 사람들은 봄이 왔다고 말들을 하는 것을 듣긴 했지
만, 시인은 자기 눈으로 그 모습을 보지는 못했다. 그래서 작심을 하고 봄을 찾
아 나섰다. 봄의 전령사 노릇을 하는 매화 곁으로 달려가 봄소식을 물었더니,
과연 봄이 온 것이 맞았다. 그러고 보니 우선 엊저녁에 봄의 첨병인 동풍이 시
인이 머물고 있는 우창[武昌] 땅에 상륙하였다. 동풍을 기다렸다는 듯이 맨 먼저
뛰어나와 맞은 것은 밭두둑의 버드나무였다. 고대하던 동풍 세례를 받은 버드
나무의 얼굴에 금방 화색이 돌았다. 겨우내 깡마르고 거무튀튀했던 추레한 모
습은 온데간데없이 사라져버렸다. 대신 황금색 빛깔로 치장한 귀공자의 풍모
로 몰라보게 변신하였다.

그러고 보니, 물도 구름도 확연하게 달라졌다. 한결 푸름을 더한 물은 부쩍 불어나 망망대해를 이루었고, 야트막히 가까이 흐르던 구름은 넓고도 멀어져 아득하기 그지없었다. 분명 봄이 온 것이다. 봄의 도래를 확인한 시인의 마음은 부푼 기대감으로 충만했지만, 이는 금세 서글픔으로 변모하고 말았으니, 봄과 함께 올 것으로 믿었던 벗이 끝내 오지 않았던 것이다.

시인의 서글픔은 단순한 게 아니었다. 공허함에 창자가 끊어질 정도로 심각했던 것이다. 상심을 달래기 위해, 시인은 벗과의 상봉 준비에 나선다. 이미 푸르러진 산속에서 편평한 바위 하나를 찾아 깨끗이 쓸고 닦았다. 벗이 오면 이곳에서 며칠이고 함께 어울려 술을 마시고 취해 볼 작정인 것이다.

시사점 봄은 환희의 계절이지만, 또한 상심의 계절이기도 하다. 환희와 상심은 동전의 양 낯처럼 늘 함께 붙어 다닌다. 화사하고 생동감 넘치는 봄의 환희는 곧 정겨운 사람의 빈자리를 더욱 도드라지게 하고, 그래서 이는 곧 상심으로 귀결되는 것이리라.

감성메모

버드나무도 한철

봄은 만물이 소생하는 계절이다. 겨우내 딱딱하게 굳은 모습으로 생명을 꽁꽁 숨기고 있던 초목들은 봄바람의 속삭임에 슬그머니 밖으로 생명의 낯을 드러낸다. 봄바람을 맞은 초목은 삽시간에 딱딱한 겨울 갑옷을 벗어버리고 화사하고 부드러운 비단 옷으로 갈아입는다. 생명의 느낌은 부드러움이고, 이 부드러움은 곧 봄의 촉각이다. 이 봄의 촉각을 가장 선명하게 눈으로 보여 주는 것이 있으니, 그것은 다름 아닌 버드나무이다.

까맣고 딱딱한 무채색의 나무 기둥에 불과했던 버드나무는 봄이면 백팔십도 바뀐 모습으로 세상에 등장한다. 이러한 의미에서 버드나무야말로 봄이 연 생명 잔치의 주빈이라고 할 만하다.

송宋의 시인 증공曾鞏은 이 봄의 주빈 곁을 떠나지 않고 지켜보았다.

버드나무 노래 詠柳

亂條猶未變初黃
난 조 유 미 변 초 황

버들가지 어지러이 아직은 연황색인데

依得東風勢更狂
의 득 동 풍 세 경 광

부드럽다 동풍 만나니 더욱 거세지네

解把飛花蒙日月
해 파 비 화 몽 일 월

버들솜이 해와 달을 가리는 것은 알지만

不知天地有淸霜
부 지 천 지 유 청 상

천지에 찬 서리 있음은 알지를 못하네.

스토리 봄바람을 먼저 맞으려 함인지 버드나무는 무수한 가지를 촉수처럼 내밀었다. 가지들끼리도 앞다툼을 하는지 서로 얽히고설켜 어지럽기까지 하다. 이렇게 어지러운 가운데서 한결같은 것은 그 빛깔이다. 녹색보다는 황색에 가까운 빛깔은 태어날 때의 가녀린 모습 그대로이다.

그러나 이 가녀림은 예사의 것이 아니다. 삼동의 혹한을 겪으며 필사적으로 지켜낸 생명의 발현이 바로 이 가녀린 나뭇가지들인 것이다. 가벼운 봄바람에도 하늘하늘 몸을 흔드는 부드러움은 생명의 표상이다.

그렇다고 버드나무 가지가 늘 흐느적거리기만 하는 것은 아니다. 심술궂은 봄바람을 만나면 부드러움은 온데간데없고 곧장 미친 듯한 기세로 허공을 때리기도 하는데, 알고 보면 이것도 봄이 불어넣어 준 생명력 덕분이다.

간혹은 부드럽기도 하고 간혹은 사납기도 하면서 자유자재로 마음껏 생명력을 뿜내던 버드나무 가지는 이번에는 하얀 버들 솜을 바람에 실어 허공으로 내보내는데, 그것이 얼마나 엄청나던지 해와 달을 가릴 정도이다. 버드나무의 생명력이 극에 달한 것이다.

모든 생명체들은 생명력이 극에 달해 있을 때면, 그것이 언제까지나 지속할 것으로 생각하는 오만에 빠지기 쉽지만, 실상은 그렇지가 않은 것이다.

머지않아 가을이 올 것이고, 그때 무서리가 내리면 속절없이 지고 말 운명임을 모른 채로 말이다.

'부드러움이 강함을 이긴다[柔弱勝剛强]'는 노자의 말도 따지고 보면, 생명력을 일컬은 말이다. 강하기만 하여 유연함이 없다면, 이는 생명이 없다는 증좌이고, 생명이 없는 강함은 결코 생명이 있는 유약함을 이길 수가 없는 것이다.

시사점 봄이 모든 사물에 선사하는 부드러움이야말로 생명의 근본일지니, 부드러움이 극에 달한 버드나무 가지는 적어도 봄 한철 동안은 그 생명력을 마음껏 뽐낸다 해도 결코 허물이 아닐 것이다.

배경 흘러간 노래 중에 애수哀愁의 소야곡小夜曲이란 것이 있다. 떠나간 옛사랑을 못잊어 괴로워하는 노래 속 주인공의 모습이 아련한데 이러한 애수의 감정은 역설적이게도 화사하기 그지없는 봄날에 전염병처럼 찾아오곤 한다. 아마도 봄의 아름다운 풍광들을 함께 했던 옛사랑이 그리워지기 때문일 것이다.

꽃은 봄이면 다시 피지만 떠나간 옛사랑은 다시 오지 않는 데서 애수는 어쩔 수 없이 맞이해야 하는 봄의 또 다른 손님이다.

당唐의 시인 유운柳惲도 봄에서 애수를 느끼지 않을 수 없었다.

강남곡　江南曲

汀洲採白蘋 정 주 채 백 빈	물가 모래섬에서 흰 개구리밥 따는데
日落江南春 일 낙 강 남 춘	강남의 봄 풍경 속으로 해가 저무는구나.
洞庭有歸客 동 정 유 귀 객	동정호 부근에서 돌아오는 나그네
瀟湘逢故人 소 상 봉 고 인	소상강 가에서 내 임을 만났단다
故人何不返 고 인 하 부 반	내 임께선 어찌하여 돌아오지 않는 걸까
春華復應晚 춘 화 복 응 만	화사한 이 봄은 또 저물고 말 것인데
不道新知樂 부 도 신 지 낙	새사람과 사귀는 게 즐겁다 하지 않고
只言行路遠 지 언 항 노 원	그저 길이 멀다고만 말했다는구나

스토리 양쯔강 이남이라는 의미인 강남 땅에는 봄이 일찍 찾아온다. 그 곳에는 양쯔강으로 흘러들어가는 물들이 이곳저곳 많이 있고, 봄이 오면 이곳 사람들은 물가에 나아가 식용으로 할 수 있는 흰 개구리밥을 따곤 한다. 봄을 맞아 주인공은 물가에 나와 사람들이 흰 개구리밥을 채취하는 것을 물끄러미 바라보며 상념에 젖어들었다. 그러다 보니 어느덧 해가 봄이 찾아든 강남 땅에 저물고 만다.

물가에 나온 다른 사람들과는 달리 주인공은 식량을 장만하기 위해 물가에 나온 것이 아니었다. 그 물을 타고 올 누군가를 기다리기 위해 나왔던 것이다. 그런데 온종일 기다렸지만 기다리는 사람은 끝내 오지 않았다.

시에는 봄의 화사하고 아름다운 풍광이 그려지고 있지 않지만 강남의 봄江南春이라는 말에 다른 지역에 비해 일찍 찾아온 봄의 모습이 집약되어 있다. 그렇다고 전혀 소득이 없던 것은 아니었다. 기다리는 사람은 아니었지만 그 사람 사정을 잘 아는 나그네를 만난 것이다. 그런데 동정호에서 왔다는 그 나그네의 말이 충격적이었다.

소상瀟湘은 동정호洞庭湖 부근을 흐르는 두 물을 뜻하는 말이지만 통상 동정호 일대를 칭하는 말로 쓰인다. 바로 이곳에서 나그네는 주인공이 기다리는 그 사람을 최근에 보았다는 것인데 그를 통해 전해 들은 말은 주인공을 낙담시키기에 충분하다.

새사람을 만나는 즐거움에 빠져서 오지 않는 것이 아니라 길이 멀어서 못 오는 것이라고 했다는 것이다. 화사한 봄은 곧 가고 말 것인데 그 봄을 함께할 사람은 끝내 오지 않자 주인공은 봄의 애수를 진하게 느끼게 되는 것이다.

시사점 봄은 그 자체만으로는 화사하기 그지없지만 그 화사함이 도리어 좋은 사람과 함께했던 지난 추억을 떠올리게 하고 이 추억의 회상은 봄의 애수를 촉발시키는 촉매제이다. 아름다운 추억을 만들어 준 것도 봄이고, 그 추억을 못 잊어 애수에 젖게 하는 것도 봄이니 봄은 정녕 외로운 사람들에게 병 주고 약 주는 심술쟁이란 말이던가?

사람보다 풀

배경 흔히 5월을 일러 계절의 여왕이라 일컫는다. '계절의 여왕'이라
는 한마디에 오월에 대한 수많은 다른 찬사들이 묻혀버렸지만 일 년 열두 달
중 5월만큼 사람들로부터 진한 러브콜을 받는 달은 없을 것이다.

이유는 무엇일까? 온갖 꽃들의 화사함을 무색케 하는 연록의 향연은 싱싱한
생명 그 자체이고, 그 주인공이 바로 오월이기 때문이다. 싱싱한 생명의 발현
인 오월의 풀은 세상 무엇보다도 아름다움이 틀림없다.

당唐의 시인 맹호연孟浩然도 오월의 풀빛에 반하지 않을 수 없었다.

왕유와 헤어지며 留別王侍御維

寂寂竟何待 적 적 경 하 대	쓸쓸하게 끝내 무엇을 기다렸던가?
朝朝空自歸 조 조 공 자 귀	아침마다 공연히 스스로 돌아온다
欲尋芳草去 욕 심 방 초 거	꽃다운 풀 찾아 떠나려 하니
惜與故人違 석 여 고 인 위	친구와 헤어짐이 너무 아쉬워라
當路誰相假 당 노 수 상 가	권세를 누가 빌려줄까
知音世所稀 지 음 세 소 희	진정한 친구는 세상에 드물다네
只應守寂寞 지 응 수 적 막	다만 응당 적막함을 지켜야 하리
還掩故園扉 환 엄 고 원 비	고향집 돌아가 사립문 닫으리라.

스토리 화창한 봄날이건만 시인은 무척 외롭고 쓸쓸하다. 분명히 밝히고 있지는 않지만 누군가를 절실히 기다리고 있건만 그 사람은 끝내 오지 않는다. 그래서 외롭고 쓸쓸했던 것이다. 아침마다 나가서 기다렸건만 매번 빈손으로 돌아올 뿐이었으니 그 상심이 얼마나 컸겠는가?

마침내 시인은 기다림을 끝내기로 결심한다. 쓸쓸함과 부질없음만을 가중시키는 기다림을 끝내고 은거할 곳을 찾아 떠나기로 한 것이다. 때는 마침 늦봄이거나 초여름이어서 그곳은 녹음이 짙어지기 시작했을 것이고 꽃보다 고운 풀이 연록의 자태를 마음껏 뽐내고 있을 것이다. 그래서 당장에라도 그곳에 뛰어가고 싶지만 걸리는 것이 하나 있었으니 바로 가까운 친구와 멀리 떨어져

야 하는 것이 그것이다.

시인은 은거하던 곳을 떠나 한동안 도회지에서 지냈지만 그곳에서 느낀 것은 쓸쓸한 세태이다. 권력을 쥔 자들은 그것을 어느 사람에게도 나누어 주려 하지 않고, 친구일지라도 진심을 알아주는 일이 드문 것이 현실이라는 것을 뼈저리게 깨달은 것이다. 그래서 본디 그랬던 것처럼 사람들과 어울리는 일 없이 혼자 은거하는 방식을 고수하기로 하고 옛 시골집으로 돌아가 사립문마저 닫아 놓고 살기로 한 것이다.

시사점 도회지에서 인사에 이리저리 얽혀 살다가 막상 그곳을 떠나고자 하면 아쉬움이 많이 남게 마련이다. 특히 오래 정들었던 벗과의 이별이 그러할 것이다. 그러나 일단 떠나고 나면 홀가분한 마음이 그 아쉬움을 잊게 하기도 한다.

은자들은 비록 혼자 숨어 살지만 외롭지는 않다. 사시사철 변화무쌍한 자연이 그들의 벗이기 때문이다. 특히 늦봄이나 초여름에는 신록의 풀빛이 너무나 황홀하다. 세파에 찌든 사람은 물론이고 봄을 수놓은 꽃마저도 그 앞에서는 빛을 잃고 만다. 그러니 초여름 은자에게는 사람보다 꽃이요, 꽃보다 풀이라고 해도 좋으리라.

감성메모

낙화

봄은 꽃과 함께 왔다가 꽃과 함께 간다. 사람들은 꽃이 피는 것을
보고 봄이 왔음을 실감하고, 꽃이 지는 것을 보고 봄이 지나감을 자각한다. 결
국 꽃이 봄의 흐름을 알려 주는 시계인 셈이다. 시계가 고장 나 돌지 않는다고
해서 시간이 멈추는 게 아니듯이, 꽃을 지지 않게 하더라도 봄이 가지 않는 것
은 아니다. 그래도 봄이 가는 것을 아쉬워하는 사람들은 억지로라도 낙화를 막
아 보려고 애쓴다.

당唐의 시인 백거이白居易도 그런 사람이었다.

지는 꽃잎을 보며 落花古調賦

留春春不住
유 춘 춘 부 주
봄을 잡아 보지만 봄은 머물지 않고

春歸人寂寞
춘 귀 인 적 막
봄이 가면 남은 사람만 쓸쓸해지네

厭風風不定
염 풍 풍 부 정
바람을 짓눌러 보지만 바람은 가만 있지 않으니

風起花蕭索
풍 기 화 소 삭
바람 일자 꽃은 쓸쓸하게 지고 마네

스토리 봄을 보내고 싶은 사람은 아무도 없을 것이다. 모두가 매달려 붙들 수만 있다면, 붙들어 두고 싶은 봄이지만, 야속한 봄은 머물러 주지 않는다. 봄은 일 년 사계절 중 하나일 뿐이지만, 시인은 그렇게 생각하지 않는다.

시인에게 봄은 세상에서 가장 귀한 손님이다. 그 손님은 이미 석 달을 머물렀지만, 시인은 그것으로 성이 차지 않는다. 더 머물게 하기 위해 온갖 수를 다 써 보지만, 그 손님은 정해진 시간 외에 잠시도 더 머물지 않고 떠나간다.

시인에게는 너무나도 안타까운 이별이 아닐 수 없다. 이렇게 봄이 돌아가고 난 자리에 홀로 남겨진 시인은 외롭고 쓸쓸한 기분에 휩싸이고 말았다. 그렇게 만류했건만 봄은 왜 간 것일까?

시인은 바람 때문이라고 생각했다. 바람만 불지 않아도 꽃은 떨어지지 않았을 것이고, 꽃이 떨어지지 않았으면, 봄이 갈 리가 없다고 본 것이리라. 물론 과학적으로는 말이 안 되는 이야기겠지만, 봄과의 이별이 너무나 아쉬운 시인으로서는 충분히 그렇게 생각할 수도 있을 것이다.

시인의 상상은 바람을 눌러버려 아예 일어나지 못하도록 하면 된다는 데까지 이른다. 그래서 바람을 눌러보았지만, 실망스럽게도 바람은 붙들리지 않고 빠져나가고 만다. 시인의 억누름에도 불구하고 기어이 일어난 바람은 끝내 꽃을 찾아가고야 만다.

바람을 피할 도리가 없는 꽃은 쓸쓸히 떨어지는 신세를 면치 못하고, 이로써 봄은 가고 만 것이다. 봄을 직접 만류해 보기도 하고, 그것으로 안 되니까 바람을 억눌러 일어나지 못하게도 하는 등, 봄을 보내지 않기 위한 시인의 발상이 참으로 운치가 있고 재치가 있다.

시사점 일정한 시간이 지나고 나면, 봄은 어차피 떠나고 만다. 사람들은 낙화라는 자연의 시곗바늘을 통해 봄이 감을 실감나게 느낀다. 꽃이 지는 것을 보는 사람들의 마음은 쓸쓸해지기 쉽지만, 그렇다고 애상에 빠질 필요는 없다. 꽃은 때가 되면 다시 피기 마련이고, 그 꽃과 함께 봄은 또 올 것이기 때문이다.

감성메모

봄추위

배경   겨울 추위를 피해서 땅속에서 겨울잠을 자던 개구리가 봄이 온 것을 뒤늦게 알고 깜짝 놀라 뛰쳐나온다는 경칩驚蟄이 지나고 나서도, 추위가 완전히 지나갔다고 마음을 놓는 것은 금물이다. 심심치 않게 꽃샘추위가 출몰하기 때문이다. 이른바 춘래불사춘春來不似春, 봄은 왔으되 봄 같지 않은 것이다.

꽃샘추위에 놀라 다시 겨울이 온 것으로 착각하기 쉽지만, 이것은 어디까지나 잔설의 여풍餘風일 뿐이다. 봄 같지 않을 뿐, 봄이 아닌 것은 아니다.

송宋의 시인 진여의陳與義도 봄추위의 매운 맛을 제대로 맛봤지만, 봄이 왔음을 의심하지는 않았다.

봄추위 春寒

二月巴陵日日風
이 월 파 릉 일 일 풍
이월의 파릉 땅 날마다 바람 불어

春寒未了怯園公
춘 한 미 료 겁 원 공
봄추위 가시지 않아 이 몸 떨게 하네

海棠不惜臙脂色
해 당 불 석 연 지 색
해당화는 연지꽃 지는 것 아깝지 않은지

獨立濛濛細雨中
독 립 몽 몽 세 우 중
자욱한 가랑비 속에 홀로 서 있네

스토리 파릉[巴陵]은 지금의 후난성[湖南省] 웨양[岳陽]이다. 이곳은 창장강[長江] 유역으로 겨울에 바람이 심한 곳으로 유명하다. 음력으로 이월이면 이미 봄인데도 날마다 부는 바람에는 한기가 여전히 실려 있다. 꽃샘추위로 불리는 봄추위가 아직 끝나지 않은 것이다. 그래서 작은 동산에 거처를 마련해 살고 있는 시인을 겁먹게 하기에 충분하다.

새색시 볼에 찍은 연지처럼 붉은 꽃을 자랑하는 해당화는 봄이 도래한 것을 알고는 특유의 붉은 꽃을 활짝 피웠다가 난데없이 꽃샘추위 찬바람을 만났으니, 황망하기도 하련만 의연하게 그 자태를 뽐내고 있었다. 그러나 자욱하게 내리는 봄비 앞에서는 속절없이 떨어지는 수밖에 없었다.

봄은 왔건만 날마다 찬바람이 불고 거기다가 비까지 자욱하게 내렸으니 시인이 겨울이 다시 올까 겁을 집어 먹는 것도 이상할 게 없다. 다만 봄의 따스함을 믿고 꽃을 피웠다가, 꽃샘추위 찬바람에 속절없이 지고 만 해당화가 안타까울 뿐.

겨울이 빨리 지나가길 바라는 사람들은 봄이 온 것에 자칫 성급해지기 쉽다. 그래서 두꺼운 외투를 갑자기 벗고 외출에 나섰다가 감기 걸리기 십상이다. 성급한 것은 사람뿐만이 아니다. 꽃도 마찬가지이다. 봄이 온 줄 알고 꽃을 활짝 피웠다가 꽃샘추위와 찬비에 봄을 채 만끽하지도 못 한 채 지고 마는 것이다. 봄이 아무리 반가운 존재라 해도 성급하다면 봄이 축복이 아니라 재앙일 수도 있다. 초봄은 아직 겨울인 것이다.

멀리 있는 그대에게

배경 봄은 소생의 계절이다.

앙상한 나뭇가지에 파랗게 잎이 돋아나고, 메말랐던 대지에는 연록의 풀들이 앞다투어 고개를 디밀고 나온다.

겨우내 숨죽였던 꽃망울들은 일제히 그 요염한 자태를 터뜨린다. 어디 이뿐인가? 고요하기만 했던 산속은 언제 그랬느냐는 듯이 온갖 새들의 울음으로 가득하다.

무채색에서 유채색으로, 무성에서 유성으로 옮아가는 자연의 변모에 발맞추어 사람들의 마음도 서서히 무감에서 유감으로 바뀌어 간다. 봄 버들가지 춘사春絲가 봄 그리움 춘사春思와 동음인 것은 우연만이 아니다.

당唐의 시인 두보杜甫는 멀리서 불어온 봄바람에 멀리 있는 친구에게 편지 보낼 생각이 솟구쳤다.

멀리 있는 그대에게6 寄遠6

陽臺隔楚水
양 대 격 초 수

양대는 초수의 건너편에 있고

春草生黃河
춘 초 생 황 하

봄풀은 황하에서 돋아나는구나

相思無日夜
상 사 무 일 야

서로 그리워하는 마음 밤낮이 없고

浩蕩若流波
호 탕 약 류 파

일렁임이 흐르는 물결 같구나

流波向海去
류 파 향 해 거

흐르는 물결은 바다를 향해 가니

欲見終無因
욕 견 종 무 인

보려고 해도 끝내 만날 길 없구나

遙將一點淚
요 장 일 점 루

아득히 한 줄기 눈물을

遠寄如花人
원 기 여 화 인

꽃 같은 사람에게 멀리 부치어 본다

스토리　시인이 있는 곳은 북쪽 황하 유역이고, 시인이 그리워하는 상대는 남쪽 초수楚水 건너편에 있다.

거리로 치면 수천 리 떨어져 있다. 그러니 아무리 보고 싶어도 볼 수가 없다.

그런데 하필 때는 꽃 피는 춘삼월이다. 삭막한 황하 유역에도 봄풀이 파릇파릇 돋아나고 있었다. 때맞추어 시인의 마음엔 멀리 있는 사람에 대한 그리움의 싹이 트고 있었다. 한번 발동이 된 그리움증은 밤낮을 가리지 않고 시인을 괴롭혔다.

처음엔 잔물결 같던 그리움의 물결은 어느덧 황하라는 큰 강을 흐르는 물결이 되어 일렁거렸다. 그리움의 큰 물결이 바다에 다다르도록 그리운 사람을 만날 방도는 없었으니 안타깝기 그지없는 일이 아닐 수 없다.

그래서 시인은 한 점 눈물을 편지지에 실어 멀리 있는 꽃다운 사람에게 보내고 마는 것이다.

시사점 봄철, 대지에 풀이 돋아난다면 사람의 마음에는 그리움의 씨앗이 싹튼다. 돋아난 풀이 하루가 다르게 자라나듯, 그리움의 마음도 날마다 늘어난다. 이럴 때 편지를 써서 마음을 전하는 것도 봄 상사병을 다스리는 방법이다.

입춘우성立春偶成

배경　계절은 어김이 없다. 좀처럼 사그라질 것 같지 않은, 혹한과 폭설로 무장한 동장군冬將軍의 위세도 절기가 바뀌면 어쩔 수 없이 자리를 떠야 한다. 양력으로 2월 초에 맞는 24절기의 첫 절기인 입춘이야말로 동장군에게는 숙명적인 천적인 셈이다. 대지의 전장을 거침없이 내닫던 동장군은 조물주가 춘春 자字가 새겨진 표지[標識]를 집어 세운[立] 순간부터는 퇴각을 시작하여야 한다. 이처럼 입춘은 봄의 표지를 세운다는 뜻이다. 조물주의 지시에 따라 대지는 새로운 주인공을 맞아들인다. 눈과 추위가 겨울 대지의 주인공이었다면, 봄의 주인공은 풀과 꽃이다. 이러한 주인공의 교체는 조물주의 지시에 의한 것이고, 그 지시 방법이 바로 봄 세우기 즉 입춘立春이다.

　송宋의 시인 장식張栻이 쓴 시에 이러한 입춘의 의미가 엿보인다.

입춘에 우연히 짓다 立春偶成

律回歲晚冰霜少
율 회 세 만 빙 상 소
계절이 돌아 해 늦어 얼음과 서리 녹아

春到人間草木知
춘 도 인 간 초 목 지
봄이 세상에 온 것을 풀과 나무도 알았도다.

便覺眼前生意滿
변 각 안 전 생 의 만
눈앞에 싱싱한 기운 가득함 문득 깨달으니

東風吹水綠參差
동 풍 취 수 록 참 치
봄바람 강에 불어 녹음이 들쑥날쑥하도다.

스토리   절기의 바뀜에 정해진 율律이 있다. 그에 따라 절기가 돌고 돌아[回] 한 해가 저물고, 입춘이 도래한 것이다. 조물주가 춘春 자字가 선명히 찍힌 표지를 세운 순간부터 세상은 봄이다. 얼음과 서리가 적어진 것이 그 징표이다. 그러나 아직은 겨울의 여운이 너무 짙어서, 사람들은 봄을 실감하지 못한다. 봄이 왔다지만, 봄 같지 않다[春來不似春]는 이백의 탄식도 같은 선상에서 나온 것이리라. 둔감한 사람들만 느끼지 못할 뿐, 이제는 엄연한 봄이라는 것을 풀과 나무는 알고 있다.

무대 밖에서 감독의 지시가 떨어지기만을 고대하던 배우처럼, 풀과 나무들은 그들의 감독인 조물주가 춘春의 표지를 세워 큐 사인을 보내자 망설임 없이 무대에 오른 것이다. 시인으로 하여금 문득 봄이 왔음을 깨닫도록 한 것은 그의 눈앞에 이전과는 전혀 다른 느낌으로 나타난 풀과 나무이다.

비쩍 말라붙어 보이지 않던 풀과 나무가 갑자기 눈에 띈 것은 풀과 나무에 생기가 가득 돌았기 때문이다. 바람도 방향이 바뀌었다. 부지불식간에 북풍이 동풍이 된 것이다.

삭막한 한기 대신 포근한 온기를 품은 동풍이 불면 시내는 서서히 겨울의 얼어붙음으로부터 벗어나 유연한 흐름의 자태를 되찾는다.

물가의 풀과 나무도 덩달아 신이 난다. 새파란 빛깔이 몰라보게 불쑥 자라난[綠參差] 것이다. 풀과 나무에 물기가 오르고, 동풍이 불어 얼었던 물이 흐르고, 새파랗게 풀이 불쑥 자라는 것은 모두 조물주가 춘春 자字가 새겨진 표지를 세움, 즉 입춘立春함으로써 비롯된 것이다.

시사점 계절의 변화를 감독의 연출에 따라 움직이는 무대 예술 쯤으로 보고 있는 데서 유래한 입춘이라는 절기의 명칭은 다가오는 봄만큼이나 따사롭고 여유가 있다. 입춘대길立春大吉 건양다경建陽多慶과 같은 입춘첩立春帖은 사람들이 조물주에게 보내는 희망 편지에 다름 아니다.

이월의 버들

배경　음력 2월은 춘삼월春三月의 한가운데에 해당한다. 이때쯤이면 봄은 초입을 지나 정점으로 내닫는다. 물을 잔뜩 머금은 버들가지는 더 이상 봄을 견디지 못하고 강아지 털처럼 보송보송한 버들개지를 피운다. 버드나무는 흔히 물가에서 자라는데, 그 덕에 봄의 혜택을 가장 먼저 맛보는 특전을 누린다.

　꽁꽁 얼었던 강물이 녹아 다시 흐름을 시작하면, 그 물은 강 언덕으로 스며들어 언덕에 대기하고 있던 버드나무의 뿌리와 반갑게 해후邂逅한다. 이렇게 피어난 버들개지는 겨울의 메마른 버드나무 가지에 봄의 촉촉함과 따스함을 머금고 사람 앞에 나타난다.

　당唐의 여류시인 설도薛濤가 그리고 있는 버들개지도 이러한 것이었다.

버들개지를 읊다 柳絮

二月楊花輕復微 이 월 양 화 경 부 미	이월의 버들개지 가볍고도 희미해서
春風搖蕩惹人衣 춘 풍 요 탕 야 인 의	봄바람에 흔들려 사람의 옷을 건드린다
他家本是無情物 타 가 본 시 무 정 물	남의 집에선 본디 감정이 없는 존재건만
一向南飛又北飛 일 향 남 비 우 북 비	한결같이 남쪽으로 날다가 또 북쪽으로 난다네

스토리   제목에는 유서柳絮로 되어 있고, 첫 구는 양화楊花로 되어 있다. 하나는 솜絮이고, 하나는 꽃花이지만 모두 버들개지를 뜻하는 말이다. 버들개지는 보통의 꽃들과는 사뭇 다른 모습으로 흡사 솜과 같다. 이러한 버들개지는 음력 정월이면 움이 터서 이월이면 통통한 게 한껏 물이 오르고, 솜 같은 꽃이 흩날리기 시작한다. 시인은 이러한 모습을 가볍고[輕] 희미하다[微]고 표현하였다. 공중에 펄펄 날리기 때문에 가볍다[輕]고 한 것이고, 눈에 잘 띄지 않기 때문에 희미하다[微]고 한 것이다.

이처럼 가볍고 희미한 버들개지는 봄바람에 쉽게 흔들려 사람의 옷에 달라붙는다. 겨울의 무겁고 가라앉은 모습은 사라지고 대신 버들개지의 가볍고 활동적인 이미지가 그 자리를 차지했다. 봄바람에 흩날리는 버들개지야말로 봄의 방랑객이자 유희자遊戲者이다. 흔한 것이 버드나무인지라, 집집마다 있기가 쉽다.

남의 집 버드나무는 본디 사람의 감정 따위와는 무관하겠지만, 내 집에서는 경우가 다르다. 내 집 앞마당 버드나무에서 피어난 버들개지는 필시 주인의 마음을 살피고 있음이 분명하다. 우선 주인이 누군가를 그리워한다는 것을 알아챈다. 그리움의 대상이 누구인지도 알고 있다. 그래서 주인 대신 그리움을 자신의 가벼운 솜 같은 꽃에 실어 주인의 임에게 전한다.

남쪽에 계신 임에게 가기 위해 줄곧 남쪽으로만 날아간다. 북쪽에 계신 임에게 가기 위해 줄곧 북쪽으로만 날아간다. 그리움을 알고 그리워하는 임을 알고, 그분이 계신 곳을 아는 버들개지가 어찌 감정이 없는 물건[無情物]일 수 있겠는가?

가벼운 몸짓으로 공중을 날며 사람의 옷에 정겹게 달라붙는 버들개지에서 사람들은 비로소 절망 같은 겨울이 끝났음을 실감한다. 긴 겨울 동안 매사에 심드렁하고 무감각했던 사람들의 마음에 춘흥春興을 되살아나게 하는 것도 버들개지이다.

시사점 까맣게 잊혀져 있던 그리움들이 스멀스멀 사람들의 마음에 스며드는 것은 흡사 버들개지의 움이 터지는 것과 같다. 다시 도진 상사相思의 열병熱病을 그리운 임에게 전하는 것 또한 가볍고 희미한 버들개지의 몫이니, 버들개지는 오지랖 넓은 봄의 진객珍客임이 분명하다.

감성메모

고향의 봄

배경 자신이 태어난 곳이든, 부모께서 나신 곳이든, 조상 대대로 뼈를 묻은 곳이든, 누구에게나 고향은 있다. 언제라도 돌아가고 싶은 어머니 품과 같은 곳이 바로 고향이다. 타향살이의 고단함에 위안을 줄 수 있는 곳이며, 의미를 상실한 삶에 원초적 정체성을 부여하는 곳이기도 하다. 고향 생각이 간절한 사람이 타지에서 뜻밖에 고향 사람을 만났을 때처럼 반가운 일도 드물 것이다. 더구나 고향에서 막 떠나온 사람이라면, 그 반가움이 배가되는데, 고향의 사정을 들을 수 있기 때문이다.

타지를 떠돌던 당唐의 시인 왕유王維가 어느 날 문득 고향 사람을 만나 고향을 물었다.

잡시 雜詩

君自故鄕來	그대 고향에서 왔으니
군 자 고 향 내	
應知故鄕事	응당 고향의 일 알리라
응 지 고 향 사	
來日綺窗前	오시던 날 비단 창문 앞
내 일 기 창 전	
寒梅著花未	겨울 매화나무에 꽃이 피었던지요?
한 매 착 화 미	

스토리　시인은 고향을 떠난 지 오래다. 세파世波에 휩쓸려 살다 보니 미처 생각할 겨를이 없었지만, 잊을 수도 잊혀지지도 않는 게 고향 아니던가? 길을 걷다가인지 주막에서인지 알 수 없지만, 시인은 고향 사람을 만났다. 그것도 고향을 떠나온 지 얼마 안 되는 사람을 만나자, 그간 잊고 지냈던 고향 생각이 불현듯 간절해진다.

이인칭 존칭 대명사인 군君으로 부를 만큼 그 고향 사람은 소중하다. 그 이유는 그분으로부터 고향 소식을 들을 수 있기 때문이다. 궁금하기 짝이 없는 고향의 따끈따끈한 소식을 들을 수 있는 절호의 기회에 몹시 흥분되었을 터이지만, 시인은 의외로 담담하다.

온갖 것들이 다 궁금할 터인데도 시인이 물은 것은 달랑 한 가지이다. 그것도 가족의 안부가 아니다. 궁금증이 돋은 사람에게는 한가하다고 할 수도 있는 질문을 던진 것이다. 고향을 떠나오던 날[來日]을 언급한 것은 시인이 가장 최근의 소식을 접하길 원하기 때문이다.

그럼 시인이 가장 궁금한 최근의 고향 소식은 과연 무엇이었을까?

그것은 바로 매화였다. 비단 무늬 새겨진 창문[綺窓] 앞에 서 있던 매화나무가 가장 궁금했던 것이다. 그러면 왜 하고 많은 것 중에 매화이며, 매화 중에도 비단 창문 앞에 있는 매화일까? 아직 잔설이 남아 있을 때 피는 것이 한매寒梅이지만, 이 매화가 피었다는 것은 봄이 왔음을 말하는 것이다. 시인은 고향에도 봄이 왔는지가 궁금했던 것이다.

그러면 왜 하필 비단 창문 앞의 매화일까? 기창綺窓은 비단 무늬를 아로새긴 창문으로, 보통은 여인네들이 기거하는 방에 달려 있는 창문이다. 그렇다. 비단 창문이 달린 방의 주인은 바로 시인의 아내였던 것이다.

시인의 아내는 비단 창문 앞 매화가 꽃 필 때를 손꼽아 기다렸다. 왜냐하면 봄이 오면 타지를 떠도는 남편이 돌아올 것 같기 때문이다. 바로 이 점에 착안하여 시인은 거꾸로 비단 창문 앞 매화꽃이 피었는지를 물었던 것이다. 결국 시인은 자신을 기다리는 아내의 소식이 궁금했던 것이었다.

시사점 고향이 그립지 않은 사람은 없을 것이다. 그러나 막연한 그리움만으로는 무언가 부족하다. 이 부족함을 채워 주는 것이 비단 창문 앞 매화와 같은 운치 아니겠는가?

감성메모

아부阿附의 기술

배경 　사람은 개인차가 있겠지만 누구나 이중적이다. 아부에 대해서는 특히 그러하다. 공자를 비롯한 수많은 현인들이 아부를 경계한 것은 역설적으로 인간의 그것에 대한 경도傾倒를 역설한다. 아부하지 말라고 가르치면서도 정작 본인은 아부를 일삼는 경우도 있고, 아부하는 자를 간신이라 욕하면서도 정작 본인은 아부꾼만을 옆에 둔 군주도 있었다. 그러나 따지고 보면 아부라는 것도 상당한 노력을 요하는 것이다. 쉽지 않을뿐더러 가끔은 위험하기까지 한 게 아부이다. 성격이 오만하여 허리가 아예 굽혀지지 않았을 만큼 아부와 거리가 멀다고 느껴지는 당唐의 시인 이백李白이 아부를 잘못하여 곤욕을 치른 일화는 아부에 대해 많은 것을 생각하게 한다.

청평조사삼수1　清平調詞三首1

雲想衣裳花想容
운 상 의 상 화 상 용
구름 보면 양귀비 옷 생각나고, 꽃 보면 얼굴 떠오르는데

春風拂檻露華濃
춘 풍 불 함 로 화 농
봄바람이 난간을 스치었나? 이슬이 꽃에 흠뻑 머금었나?

若非群玉山頭見
야 비 군 옥 산 두 견
만약 군옥산 모퉁이에서 보지 못한다면

會向瑤台月下逢
회 향 요 태 월 하 봉
틀림없이 요대가 있는 달 아래서는 만나게 되리라

스토리 　아부의 특징은 물량공세 없이 주로 말로만 한다는 것이다. 아부는 언어의 예술인 것이다. 오만방자하기로 유명한 이백이었지만, 언어의 마술사였던 만큼 아부를 하고자만 했다면, 능수능란하였을 터이다.

높은 정치적 포부를 지녔던 시인에게 당대의 최고 권력자였던 현종과 그의 비妃 양귀비는 아부의 대상으로는 최적이었다. 오로지 젊은 여인의 환심을 사기 위해 늙은 권력자는 언어의 마술사를 동원한 것이었지만, 시인에게 그것은 일생일대의 기회였다.

아부를 작심한 시인은 거침이 없었다. 하늘에서 하늘거리는 구름이 그녀의 옷이고, 잘 가꿔 놓은 궁궐 정원의 모란꽃은 그녀의 얼굴이라고 아부의 운을 떼었다. 구름옷을 걸치고 모란꽃 얼굴을 하였다는 말은 아부가 예술임을 잘 보여 준다.

그러나 여기가 아부의 끝은 아니었다. 그녀의 다소곳한 움직임은 따스하고 부드러운 봄바람이었고, 청초한 그녀의 얼굴은 이슬 머금은 꽃이었다. 군옥산群玉山과 요대瑤台는 가장 아름다우면서 영원히 죽지 않는 속성을 지녔던 서왕

모가 기거하던 곳이었다. 바로 그곳에 양귀비를 가져다 놓음으로써 시인의 아부는 극에 달하였다.

걸쳐 입은 옷은 구름이요, 얼굴은 꽃, 움직임은 봄바람이요, 자태는 이슬을 듬뿍 머금은 꽃, 거기다 죽지도 않고 가장 아름답기까지 하다. 여인에게 영원히 죽지 않고, 최고로 예쁘다라는 말보다 더 한 아부가 있을 수 있을까?

시사점 누구나 한 번쯤은 출세를 꿈꾼다. 그것도 손쉬운 출세를. 그래서 아부가 필요한 것이다. 그러나 아부가 뜻대로 되는 것은 아니다. 아무리 좋은 찬사라도 상대가 거북하고 불쾌하게 받아들인다면, 그것은 아부가 아니다. 상대를 편하게 하면서 동시에 기분 좋게 띄워 주는 것이 아부의 요체이지만, 그것이 생각만큼 쉬운 것은 아니다.

세속적인 냄새가 진동하고 결코 아름답지 못한 아부가 가끔은 예술일 수도 있다는 것이 참으로 흥미롭지 않은가? 대시인大詩人 이백의 아부는 실패작이었음에도, 그렇다고 해서 예술적 가치가 결코 훼손된 것은 아니었다.

사람보다 꽃

예나 지금이나 꽃과 미녀는 떼려야 뗄 수 없는 관계이다. 둘 다 아름다움을 생명으로 한다고 사람들이 믿기 때문이다.

외양의 모습만으로 가치를 판단하는 것이 과연 합리적인 것인지를 따지는 경우가 거의 없다. 그만큼 당연시한다는 얘기가 될 것이다. 여기에 여성 인권 이니 여성 비하니 하며 시비를 따지는 것은 지나치게 경직된 자세라고 하지 않 을 수 없다.

여말麗末의 문인 이규보李奎報는 꽃과 여인이 아름다움을 다투는 장면을 재미 있게 그려냈다.

절화행 折花行

牡丹含露眞珠顆 _{모 란 함 로 진 주 과}	모란꽃 이슬 머금어 진주알 같은데
美人折得窓前過 _{미 인 절 득 창 전 과}	미인이 모란꽃 꺾어 창 앞을 지나간다
含笑問檀郎 _{함 소 문 단 랑}	웃음을 머금고 박달나무 신랑에게 물었다
花强妾貌强 _{화 강 첩 모 강}	꽃이 더 예뻐요, 제가 더 예뻐요
檀郎故相戲 _{단 랑 고 상 희}	신랑이 일부러 장난치면서
强道花枝好 _{강 도 화 지 호}	꽃가지가 더 예쁘다고 말하는구나
美人妬花勝 _{미 인 투 화 승}	신부는 꽃이 더 낫다는 데 시기하여
踏破花枝道 _{답 파 화 지 도}	꽃가지를 밟아 짓뭉개고 말했다
花若勝於妾 _{화 약 승 어 첩}	꽃이 저보다 예쁘다면
今宵花同宿 _{금 소 화 동 숙}	오늘 밤은 꽃과 같이 주무시지요

스토리 사람들이 좋아하는 말 중에 부귀만 한 것이 또 있을까?

모란牡丹 그 화사함과 풍성함으로 인해 부귀의 상징이 되었다. 그래도 서운한 구석이 있다. 꽃이기 때문에 아름다워야 하는 것이다.

돈은 많고 보고[富], 벼슬은 높고 보고[貴], 생김은 예쁘고 봐야[美] 하는 것이야말로 사람들의 영원한 로망인데, 이 까다로운 조건을 모두 충족시키는 것이 바로 모란牡丹이다.

이런 모란에 도전장을 던진 것은 당 현종의 비妃였던 양귀비였다. 여염閻閣의 여인네들로서는 언감생심焉敢生心 말 그대로이다.

그런데 여기 감히 모란에 대드는 여인이 있다. 무모한 이 여인의 힘은 바로 질투嫉妬이다.

모란꽃 위를 구르는 이슬은 진주알 그 자체이다. 이슬이 천하절색인 모란 위에 내린 덕이다. 그런데 겁 없는 여인이 이것을 꺾어서는 평소에 사모하던 남자의 창 앞을 일부러 찾아갔다. 그리고는 자신의 아름다움을 표현하기에 가장 자신 있는 웃음을 띠면서 그 남자에게 무언가를 묻는데, 묻는 내용이 걸작이다.

진주알 같은 이슬이 달린 모란꽃과 자신 중 누가 예쁘냐고 진지하게 물은 것이다.

이럴 때 남자는 보통 꽃보다 여자가 예쁘다고 말해야 하는데, 시 속의 남자는 여자를 놀려 줄 목적으로 일부러 꽃이 더 예쁘다고 대답하였다.

이 장면에서 여자도 결코 숙맥은 아니었다. 짐짓 꽃에 질투를 느끼는 듯이 꽃을 내동댕이치면서 꽃이 더 예쁘면 오늘 저녁은 꽃과 함께 자라고 폭탄선언을 해버린 것이다. 농을 농으로 받을 줄 아는 여자의 재치가 참으로 매력적이다.

시사점 꽃과 여자를 비유하는 것에서 어떤 우열을 가리고자 하는 것은 무의미하고도 격조 낮은 일이다. 꽃이 자신보다 예쁘다고 질투하는 여자는 어리석지만 질투하는 척하는 여자는 참으로 매력적이다. 매력이란 그런 것이다.

감성메모

잡사雜事는 가라

사람은 사회적으로 성공할수록 인간관계가 복잡해지게 마련이다. 대부분 이해관계로 얽히지만, 친구들도 출세한 사람에게 꼬이는 게 세상인심이다.

세속적 성공이 잘사는 삶과 전혀 동일시될 수 없음에도 사람들은, 불을 보고 무작정 달려드는 불나방처럼 성공을 향해 질주한다. 그러다가 어느 날 문득 사는 게 무엇인가라는 회의가 들게 되고, 그럴 때면 꿈꾸는 게 바로 전원생활이다. 그러나 전원생활을 한다 해서 사람이 행복해지는 것은 아니다.

세속적인 욕망을 버린다는 것이 쉽지 않을 뿐 아니라, 전원생활 또한 만만한 게 아니기 때문이다. 욕심을 버리고 소박하게 농사지으며 사는 생활을 진심으로 즐길 줄 알았던 도연명陶淵明 같은 사람만이 느끼는 소회所懷는 어떠했을까?

시골에 돌아가다2　歸園田居2

野外罕人事 _{야 외 한 인 사}	들 밖이라 번다한 사람 일 드물고
窮巷寡輪鞅 _{궁 항 과 륜 앙}	외진 마을이라 수레가 다니지 않는다
白日掩荊扉 _{백 일 엄 형 비}	대낮에도 사립문 닫혀 있고
虛室絶塵想 _{허 실 절 진 상}	빈방에서는 속세 생각 끊어졌다
時復墟里人 _{시 복 허 리 인}	때때로 마을 사람 돌아오고
披草共來往 _{피 초 공 래 왕}	풀을 헤치고 서로 오고 간다
相見無雜言 _{상 견 무 잡 언}	서로 만나면 잡된 말 하지 않고
但道桑麻長 _{단 도 상 마 장}	뽕과 마 농사만 이야기한다
桑麻日已長 _{상 마 일 이 장}	뽕과 마는 날마다 자라나고
我土日已廣 _{아 토 일 이 광}	내가 일군 땅도 날마다 넓어진다

스토리　시인이 사는 공간은 시골[園田]이며, 들밖[野外]이기도 하며, 동시에 외진 마을[窮巷]이다. 이러한 공간의 특징은 속세의 번다한 인간잡사가 없다는 것이다.

그러나 따지고 보면 이러한 인간잡사는 공간의 문제는 아니다. 아무리 심심 산골에 살더라도 사람 간의 왕래를 하고자 하는 마음이 있으면, 인간잡사는 사라지지 않는다. 다만 공간적으로 사람들과 멀어지면 자연히 사람 왕래가 줄어들 소지는 많이 있다 할 것이다.

시인은 아예 수레가 다니지 않는 곳으로 거처를 정하였다. 불편해서라도 사람이 찾아오지 않을 것이기 때문이다. 시인은 한걸음 더 나아가 벌건 대낮에도 사립문을 닫은 채로 있다. 사람을 못 오게 하기 위함이 아니라, 오는 사람이 없기 때문이다.

방은 거추장스러운 것이 없는 텅 빈 방이다. 빈 것은 방만이 아니다. 시인의 머릿속도 텅 비었다. 속세의 번다한 생각들과 절연한 것이다. 그렇다고 아예 사람을 만나지 않는다거나 말을 하지 않거나 하지는 않는다.

시인이 만나는 사람들 역시 세속과는 거리가 먼 마을의 사람들이다. 만나는 것도 무슨 목적을 가지고 일부러 만나는 게 아니라 풀숲을 헤치고 다니다 우연히 만나는 것이다. 만나서 하는 이야기는 뽕과 마의 농사에 관한 것뿐으로, 세상잡사에 대해서는 아예 관심조차 없다.

무욕無慾과 무잡無雜의 경지에 다다른 것이리라. 그런 가운데 뽕과 마는 날로 자라고, 시인이 일군 땅은 날로 넓어지는데, 이것은 무욕과 무잡의 결실인 셈이다.

시사점 욕심 없이 산다는 것은 쉬운 일이 아니다. 아예 불가능한지도 모른다. 그러나 불필요한 인간잡사로부터 벗어나 사는 것이 삶의 본질에 더욱 충실하다. 잡사여 가라!

감성메모

어머니의 봄

배경 봄은 소생의 계절이요, 젊음의 계절이다. 그런 만큼 봄은 젊은이와 밀접한 관련을 갖는 것으로 인식되고 있다. 그래서 심지어는 봄을 타는 것조차도 젊은이들의 몫일 것이라고 생각하는 것이 일반적이다.

봄을 노래한 시들 대부분은 젊은이들의 사랑과 외로움에 관한 것들이다. 나이가 지긋하신 노인들을 다루는 경우는 극히 드물다. 그래서 애틋한 모정을 읊은 시들은 봄과 잘 어울리지 않는 경향을 보이는 것도 사실이다. 이런 의미에서 당唐의 시인 맹교孟郊가 봄과 모정을 연계시킨 시를 쓴 것은 상당히 이례적이다.

나그네의 노래 游子吟

慈母手中線 자 모 수 중 선	인자한 어머니 손 안의 실은
游子身上衣 유 자 신 상 의	떠도는 신세가 될 자식의 몸에 걸칠 옷이 된다네
臨行密密縫 림 항 밀 밀 봉	집 떠날 무렵 촘촘히 꿰매어 주시었는데
意恐遲遲歸 의 공 지 지 귀	혹여 더디 돌아올까 속으로 겁이 났기 때문이네
誰言寸草心 수 언 촌 초 심	누가 말했나, 한 치 풀의 마음으로써
報得三春輝 보 득 삼 춘 휘	석 달 봄의 볕에 보답할 수 있다고

스토리 엄부자모嚴父慈母라 하지 않았던가. 자식에 대한 자애로운 사랑은 뭐니뭐니 해도 어머니 몫이다. 곧 집을 떠나 타지를 떠돌게 될 아들에 대한 어머니의 애틋한 마음이 어떤지는 굳이 말로 할 필요가 없을 것이다. 어머니는 아무 말 없이 바느질을 하고 있을 뿐이다.

어머니의 손 안에 들린 것은 다름 아닌 실타래였다. 이 실타래는 한 올 한 올 어머니의 손을 거쳐 끝내는 집 떠날 아들의 옷이 될 터이다. 어머니의 사랑과 정성이 듬뿍 담겨 있는 그 옷은 아들이 타지를 떠도는 동안 내내 어머니 대신 아들을 지켜 줄 것이다.

아들과의 이별을 아파하는 어머니의 심정은 아랑곳하지 않고 시간은 무심히 흘러 마침내 아들이 떠날 시간이 되었다. 이 순간 어머니의 조바심은 극에 이른다.

마지막으로 아들이 입고 갈 옷에 혹시 제대로 꿰매지지 않은 데가 있나 살피면서 촘촘한 최후의 바느질을 가한 것이다. 자식에 대한 어머니의 걱정은 끝이 없다. 마음속으로 불현듯 아들이 돌아오는 것이 생각보다도 더 늦을 수도 있다는 생각이 들었던 것이다. 그만큼 오래 입어야 하므로 더 튼튼하게 만들어야 한다. 그래서 이미 만들어 놓았던 옷을 다시 한 번 꼼꼼히 살피면서 바느질을 더욱 촘촘하게 했으니 이것이 바로 어머니 마음 아니고 무엇이겠는가?

때는 마침 풀들이 파릇파릇 돋아나는 봄이었으므로 자연스럽게 시인은 봄풀에서 자식을 떠올리고 봄풀을 자라게 하는 봄볕에서 어머니 모습을 떠올렸다.

시인에게 봄은 청춘남녀의 사랑과 그리움, 왁자지껄한 행락의 철이 아니고 어머니의 인자한 사랑과도 같은 햇볕으로 자식과도 같은 어린 풀싹을 보살펴 기르는 철이었던 것이다. 여기서 시인은 절묘한 형상화의 수법을 발휘한다.

이제 갓 돋아나 짧을 수밖에 없는 풀싹으로 철없는 자식의 마음을 형상화하고 이에 비해 춘삼월 석 달 내내 풀싹에 쬐는 햇볕으로 어머니 사랑을 형상화했다.

시사점 봄은 풀이 소생하고 자라는 계절이다. 이때 필요한 것이 햇볕이다. 그래서 봄풀은 자식이요, 봄볕은 어머니인 것이다. 그러나 봄풀은 자신을 길러 준 봄볕의 은공을 잘 모른다. 안다 해도 제대로 알지 못한다. 이런 의미에서 봄풀과 봄볕은 사람들에게 시사하는 바가 크다.

술과 꽃

배경 봄의 주인공은 뭐니뭐니 해도 꽃이다. 들이고 산이고 봄은 온통 꽃이기 때문이다. 사람들은 이 봄꽃들을 보면서 무척 아름답다고 여긴다. 아름다움이란 사람들이 느끼는 주관적 느낌이라 할 수 있지만, 그 느낌의 메커니즘에 대해서 생각하는 일은 거의 없다.

사람들은 도대체 봄꽃의 무엇을 보고 아름답다고 느끼는 것일까? 생김새, 빛깔, 냄새가 종합적으로 어우러지고, 여기에 봄이라는 기후적, 문화적 특성이 가미되어서 봄꽃의 아름다움은 형성된다고 말한다면, 틀린 것은 아니겠지만 이것만으로는 뭔가 부족한 점이 있다. 아마도 이유는 자연스러움이 빠져서일 것이다.

자연의 섭리에 순응하는 것을 시각적으로 봄꽃만큼 보여 주는 것이 또 있을까? 바로 이 점이 봄꽃을 아름답다고 느끼는 진짜 이유일지도 모른다.

당唐의 시인 이백李白은 봄날 산속에 머물면서 만난 꽃을 보고 무엇을 생각했을까?

산속에서 은자와 대작하다 山中與幽人對酌

兩人對酌山花開 양 인 대 작 산 화 개	두 사람 마주하여 술을 주고받으니 산꽃은 피고
一杯一杯復一杯 일 배 일 배 부 일 배	한 잔 또 한 잔 그리고 또 한 잔
我醉欲眠君且去 아 취 욕 면 군 차 거	내가 취하여 잠이 오니 그대는 돌아가
明日有意抱琴來 명 일 유 의 포 금 래	내일 아침 생각나면 거문고 안고 오시게

스토리 시인과 유인幽人, 두 사람은 오랜만에 만났음에도 별다른 인사도 나누지 않고, 그저 술잔을 마주하고 앉아 술을 나눌 뿐이다. 은거에 대한 경외나 위로 같은 것도 전혀 없다. 여기서 술은 두 사람이 모두 번다한 속세의 물정을 버리고 자연의 섭리에 따라 살고 있음을 보여 주기 위한 존재이다. 이들에게는 속세의 어떠한 일도 관심의 대상이 아니다. 오직 자연의 섭리에 따라 때가 되자, 피어난 산꽃이 이들과 함께할 뿐이다.

여기서 꽃은 두 사람의 술자리를 꾸미는 장식물이거나 두 사람이 술을 마시면서 바라보는 구경거리가 아니다. 시인은 이 꽃들의 아름다움에 도취되거나 감탄하지도 않는다. 시인과 친구 그리고 산꽃은 주종 관계가 아니고, 모두 자연의 섭리에 따르는 존재들이라는 점에서 무차별적이다.

이 시에서 꽃이 아름다운 것은 결코 그 빛깔이나 생김새, 향기 때문이 아니다. 오로지 자연의 섭리에 대한 순응이 산꽃이 아름다운 유일한 이유이다. 이는 두 친구가 아무 말 없이 아무 생각 없이 그저 술잔을 주고받음으로써 탈속의 모습을 보여 주는 것과 다를 바가 없다.

화려한 외양을 자랑하는 봄꽃은 기실 아름다움을 의식하지는 않는다. 다만 자연의 섭리에 따라 피고 질 뿐이고, 아름답다고 느끼는 것은 사람들의 자의적 느낌에 불과하다.

시인과 유인[幽人]이 마시는 술 또한 사람을 즐겁게 하거나 근심을 잊게 하지 않는다. 다만, 세속의 번다한 일들로부터 멀어진 채, 그저 자연의 섭리에 순응하고자 하는 상징적 행위일 뿐이다.

시인은 술을 마심에도 어떠한 세속적 욕심을 개입시키지 않는다. 취하면 자고 또 생각이 나면 마실 뿐인 것이다. 유인이 들고 다니는 금(琴)은 보통 줄이 없어 실제로는 연주가 불가능하므로, 이 또한 술과 마찬가지로 탈속의 상징일 뿐이다.

시사점 봄에 피는 산꽃은 아름답기 그지없어서 사람들은 그로부터 즐거움과 위안을 얻곤 하지만, 이는 세속적인 탐미의 범주를 벗어나지 않는다. 산꽃에는 이러한 세속적 아름다움만 있는 것은 아니다. 산꽃에는 자연의 섭리에 순응하는 탈속의 아름다움이 들어 있음을 볼 줄 알아야 산꽃을 제대로 즐기는 것이 되리라.

감성메모

한시 속 인생을 묻다

여름

여름 그림

배경 사람들은 흔히 여름 하면 꽃보다는 짙은 녹음綠陰이나 소나기 등을 떠올리곤 한다. 그러나 여름에 꽃이 없는 것은 아니다. 자세히 보면 능소화, 접시꽃, 채송화 그리고 각종 야생화 등 아주 많은 꽃들이 여름을 장식한다. 다만 워낙 광범위하게 퍼져 있는 녹음綠陰에 가려 눈에 잘 띄지 않을 뿐이다.

이러한 여름 꽃 중에 가장 시원한 느낌을 주는 것은 단연 연꽃이다. 왜냐하면 연꽃은 물과 불가분의 관계에 있는 꽃이기 때문이다.

조선의 시인 박상朴祥은 아예 연못의 연꽃을 화첩에 그려 넣듯 시로 그려내고 있다.

여름 그림 夏帖

樹雲幽境報南訛 수 운 유 경 보 남 와	숲과 구름 그윽한 곳에 여름 소식 전해져
休說東風捲物華 휴 설 동 풍 권 물 화	동풍이 좋은 경치 걷어 갔다 말하지 말라
紅綻綠荷千萬柄 홍 탄 록 하 천 만 병	푸른 연 줄기 천, 만 그루에 붉은 꽃 터져
却疑天雨寶蓮花 각 의 천 우 보 연 화	하늘에서 연꽃을 뿌린 줄로 알았네

스토리 이 시의 공간적 배경은 도회지든 시골이든 사람들이 모여 사는 곳이 아니다. 빼곡한 나무 숲 위로 구름이 흐르고, 사람이라고는 흔적도 찾기 어려운 깊은 산속이다. 속세와는 거리가 먼 이곳에도 여름 소식이 남쪽으로부터 들려왔다.

남쪽 소식통에 의하면, 동쪽 바람이 꽃다운 풍광을 모두 걷어 갔다는 것이다. 그러나 그 소식은 실상을 제대로 담지 못한 잘못된 것이라는 게 시인의 생각이다. 시인으로 하여금 남쪽 소식통을 못 믿을 것으로 생각하게 만든 것은 바로 연꽃이었다. 동쪽 바람이 꽃다운 물상들은 죄다 걷어 갔다고 했는데, 속세와 멀리 떨어진 깊은 산중에서 시인의 눈에 띈 연꽃은 아름다움 그 자체였다.

녹색 연잎 사이로 터져 나온 붉디붉은 꽃, 그것도 한두 송이가 아니라 천인지 만인지 헤아리기 어려울 정도로 많은 연꽃들이 무더기로 피어 있는 광경에 시인은 자신의 눈을 의심하지 않을 수 없었을 것이다.

시인은 아름답다는 표현만으로는 부족한 이 경이로운 광경이 단순한 자연 현상일 뿐이라는 데 도저히 동의하기 어려웠다.

하늘에 있던 귀중한 연꽃이 비가 되어 내린 것이라고 의심하기에 충분하였다.

이렇듯 아름다운 풍광이 깊은 산중에도 있는데, 꽃다운 아름다운 풍광을 모두 동쪽 바람이 걷어 갔다고 한 남쪽 소식통을 어찌 믿을 수 있겠는가? 여름의 진객 연꽃의 아름다움을 그린 시인의 솜씨가 참으로 탁월하다.

시사점 여름이라고 봄만 한 아름다움이 없는 게 아니다. 다만 다를 뿐이다. 짙은 녹음에 묻혀 눈에 잘 띄지 않을지는 몰라도 강렬한 태양 아래 아름다움을 뿜어내는 여름 꽃, 그중에서도 시원한 물과 조합을 이루는 연꽃은 여름 그림의 주인공이 아닐 수 없다.

감성메모

여름 나기

배경 여름과 더위는 불가분의 관계에 있다. 여름이 오는 것은 자연의 섭리이고, 여름은 더울 수밖에 없으니, 사람들은 좋든 싫든 여름 더위를 겪으면서 살아가게 된다. 피할 수 없으면 즐기라고 하지만, 그것이 말처럼 쉽게 되지 않는다. 여름 더위는 피할 수도 없고 즐길 수도 없는 경우가 대부분이다.

그렇다면 여름 더위를 겪어내는 최선의 방법은 무엇일까? 사람마다 다를 수밖에 없지만, 누구나에게 변함없이 적용되는 것은 더위를 대하는 마음가짐이다. 당唐의 시인 백거이白居易도 마찬가지였다.

여름 나기 消暑

何以消煩暑 하 이 소 번 서	어찌하면, 이 무더위를 견딜까나
端居一院中 단 거 일 원 중	집 안에 평소처럼 있네
眼前無長物 안 전 무 장 물	눈앞에 쓸 데 없는 물건이 없고
窓下有淸風 창 하 유 청 풍	창밖에는 맑은 바람이 불고 있네
熱散由心靜 열 산 유 심 정	마음이 고요하니, 열기 흩어지고
涼生爲室空 양 생 위 실 공	방 안은 텅 비어 서늘함이 감도네
此時身自得 차 시 신 자 득	이 순간은 스스로 채득한 것이니
難更與人同 난 갱 여 인 동	다른 사람과 함께 하기는 어렵네

스토리 시인에게 닥친 더위는 그냥 더위가 아니다. 사람을 못살게 하는[煩] 지독한 더위이다. 곰곰이 생각해 봐도 이 더위 자체를 사라지게 할 방법이 없다. 스스로의 마음을 다잡는 수밖에 없다. 그래서 시인은 평소처럼 집 안에 혼자 머물면서 더위를 겪어보기로 하였다.

눈앞에는 거추장스러운 것이라고는 아무것도 없고, 창 아래로는 차가운 바람이 있으니, 의외로 집 안이 더위를 견뎌내기 위한 좋은 공간이었다. 그런데 이는 거저 얻어진 것이 아니었다.

마음은 고요한 상태로 만들고, 방은 텅 비워야 한다. 그래야 더위는 흩어져 사라지고, 찬 기운이 생겨난다. 마음의 복잡한 생각들을 버리고 방 안의 쓸 데

없는 물건들을 치우는 것으로 시인은 더위를 물리친 것이다. 그러니 더위도 알고 보면 그 절반은 사람이 자초하는 것이다. 고요하지 않은 마음은 물론이고, 방 안의 쓸 데 없는 물건도 따지고 보면 욕심의 소산이니, 욕심을 비우는 것이야말로 더위를 이기는 유일한 방법이라는 것이다.

시사점 세상의 모든 것은 오직 마음이 만들어낸 것일 뿐이라[一切唯心造]고 설파한 화엄경華嚴經의 말이 더위를 이겨내는 데도 여전히 유효하다. 더위도 결국은 사람 마음먹기에 달려 있다. 욕심을 버리고 단순하게 사는 것이야말로 더위를 이기는 유일한 왕도王道가 아니던가?

감성메모

여름 즐기기

배경　무더위가 지속되는 한여름에는 사람이고 짐승이고 할 것 없이, 정갈한 모습을 잃지 않고 체통을 지키며 사는 것이 여간 어려운 게 아니다. 의복은 땀에 젖기 일쑤이고 몸은 지쳐서 동작은 굼뜨고 얼굴에는 생기가 사라지고 지친 모습이 역력해지기 마련이다.

식물들도 예외는 아니다. 그런데 이 중에도 예외가 있으니 연蓮이라는 식물이 그것이다. 연은 무더위를 만나면 잎과 줄기와 꽃이 모두 아연 생기를 띤다. 더위를 식혀 주는 물에서 살기 때문에 가능한 일이리라.

당唐의 시인 황보송皇甫松은 연꽃이 생기발랄하게 핀 모습을 시폭에 담고 있다.

연 따는 아가씨 采蓮子

菡萏香連十頃陂
함 담 향 련 십 경 피
연꽃菡萏향기 드넓은 연못陂에 가득한데

小姑貪戲采蓮遲
소 고 탐 희 채 련 지
소녀는 노느라 연 따는 일은 더디네

晚來弄水船頭濕
만 래 농 수 선 두 습
저물도록 물장난에 뱃전이 젖었으니

更脫紅裙裹鴨兒
갱 탈 홍 군 과 압 아
붉은 치마 갈아입고 오리 잡으러 가네

스토리 한여름 무더위가 연일 기승을 부리어, 만물이 지쳐서 힘든 기색이 역력한데, 유독 무더위를 반기는 것이 있었으니, 연꽃이 바로 그것이다. 무더위가 반가운 연꽃이 드넓은 연못을 꽉 채우고 있는 가운데, 그 향기가 사방에 진동하니, 여름의 생기발랄함은 여기 다 모였다고 해도 과언이 아니리라.

연이은 더위에 체통마저 지키기 어려운 사물들에게 연꽃은 부러움의 대상일 수밖에 없다. 그런데 그런 연꽃을 부러워하기는커녕, 연꽃 못지않은 생기발랄함을 자랑하는 소녀가 연꽃 사이를 누비며 놀고 있었다. 이 소녀는 본디 이제 막 영글기 시작한 연밥을 따오라고 집에서 보냈는데, 아직 철을 모르는지라 연꽃 사이를 누비며 물놀이 하는 일에 푹 빠져버리고 만 것이다.

날도 더운데 땀을 뻘뻘 흘리면서 연밥을 딴다면 이는 더 이상 철부지 소녀가 아닐 것이다. 놀다 보니 어느새 저녁이 되어 집으로 돌아가야 할 때가 되었다. 저녁 무렵까지 뱃전이 흠뻑 젖도록 놀고 난 소녀의 머릿속은 여전히 또 다른 놀이 생각으로 가득 차 있다.

집으로 돌아가면 붉은 치마로 갈아입고 오리 잡이 놀이를 하고 싶었던 것이다. 무더위가 반가운 연꽃과 연꽃 사이 물놀이가 즐거운 소녀를 통해 시인은 여름의 생기발랄함을 절묘하게 그리고 있다.

시사점 덥다 덥다 하면 더 더운 법이다. 피할 수 없으면 즐기라는 말은 여름 무더위에도 마찬가지로 적용되는 말이다. 연밥을 따오라고 했더니 물놀이에 정신을 빼앗긴 소녀에게 더위는 더 이상 피할 대상이 아니다. 도리어 놀이의 대상인 것이다. 철없는 소녀의 행동에 여름 나는 지혜가 듬뿍 배 있으니 놀라운 일이 아닐 수 없다.

감성메모

더위 잊기

배경　한여름에 사람들이 더위에 대처하는 방법은 각양각색이다. 어떤 사람은 이열치열을 외치며, 땡볕에서 땀을 뻘뻘 흘리며 운동을 하는가 하면, 또 어떤 사람은 더위를 피해 해변이나 계곡 같은 시원한 곳을 찾아 멀리 가기도 한다. 그러나 어떠한 방법도 사람들을 더위로부터 완벽하고 자유롭게 해 주지는 못 한다.

일단은 피하고, 그래도 안 되면 즐기고, 그래도 안 되면 잊는 수밖에 없다.

송宋의 시인 소순흠蘇舜欽에게도 무더위는 피해 갈 수 없는 여름 불청객이었다.

더위 잊기 暑中閒詠

嘉果浮沈酒半醺
가 과 부 침 주 반 훈
동동 뜬 과일에 술은 반쯤 취하고

床頭書册亂紛紛
상 두 서 책 난 분 분
평상 책들은 흩어져 어지럽게만 보인다.

北軒凉吹開疎竹
북 헌 량 취 개 소 죽
북쪽 처마로 찬바람 부니 대숲이 열리고

臥看靑天行白雲
와 간 청 천 행 백 운
누워 푸른 하늘 바라보니 흰구름 떠다닌다

스토리 세월이 가다 보면 어쩔 수 없이 만나게 되는 여름이고, 여름 하면 더위 아니던가? 반갑지는 않지만 떼려야 뗄 수 없는, 질긴 인연과도 같은 존재가 바로 여름 더위이다. 그렇다면 이러한 고난의 여름을 어떻게 하면 무탈하게 지나 갈 수 있을까?

인류가 생존해 오면서 온갖 방법들이 동원되어 왔지만, 정해진 답이 있을 수는 없다. 각자 처한 상황에 따라 대처하는 수밖에 없다. 시인이 더위에 대처하는 방법은 특별한 게 없었다. 그저 여느 시름 있을 때처럼, 집에 있는 술 한잔을 기울일 뿐이었다. 좋아하는 여름 과일을 물에 담가 놓고 말이다. 술이 거나하게 취해서 바라보니, 평상 위에 책들이 어지럽게 널려 있었다. 아마도 글을 읽다가 더위에 지쳐서 책을 정리하지 않은 채, 여기 저기 방치해 두었을 것이다.

책이 어지럽게 흩어져 있는 모습은 술 한잔에 더위를 잊은 시인의 모습에 다름 아니다. 그리고 보니 여기 저기 시원한 것들이 시인의 눈에 들어왔다. 그 늘진 북쪽 처마 건너 대나무들이 찬바람에 흔들리는 모습이 눈에 띄었던 것이다.

이뿐만이 아니다. 마루에 누워서 바라보니, 파란 하늘에 흰 구름이 흘러가는 모습이 더없이 시원하게 보였다. 실제로 더위가 사라진 것은 아니었지만, 술 한잔에 시인의 마음이 한가로워지니, 더위가 절로 잊혀진 것이다.

시사점 일체유심조一切唯心造라 하지 않던가? 더위도 마찬가지리라. 더위를 원망해야 아무 소용이 없다. 문제는 더위가 아니라 사람의 마음가짐이다. 마음을 한가롭게 하면 더위는 알아서 물러가게 되어 있다. 더워야 시원함을 느낄 수 있다는 것을 알면, 더위를 탓할 수만은 없으리라.

감성메모

초여름 연못

배경 일 년 중 동식물을 막론하고 생명 활동이 가장 왕성한 때를 꼽으라면 단연 초여름일 것이다. 개화와 발아의 봄이 생명 활동의 준비 단계라면 녹음방초綠陰芳草의 초여름은 본격적인 생명 활동으로의 진입 단계라고 할 수 있다.

이 시기에는 아무리 늦된 초목이라도 연록의 앳된 티를 벗고 제법 거뭇거뭇해진 초록의 성숙한 빛을 띠게 된다. 대부분의 초목이 꽃이 지고 결실을 시작하는 이때에 장미는 비로소 짙푸른 잎 사이로 농염한 꽃을 피우니 초여름의 여왕이라는 이름을 붙여도 전혀 손색이 없을 것이다.

당唐의 시인 두목지杜牧之는 이러한 초여름의 풍광을 만끽하는 호사를 누릴 기회가 있었다.

제안군의 뒷못 齊安郡後池

菱透浮萍綠錦池
능 투 부 평 녹 금 지
마름 부평초 뚫고 나온 푸르고 잔잔한 못

夏鶯千囀弄薔薇
하 앵 천 전 롱 장 미
여름 꾀꼬리 수없이 울며 장미를 희롱한다.

盡日無人看微雨
진 일 무 인 간 미 우
종일토록 가랑비 보는 사람 아무도 없고

鴛鴦相對浴紅衣
원 앙 상 대 욕 홍 의
원앙이 마주 보고 붉은 옷을 씻고 있어라.

스토리 시인이 무슨 일로 제안군齊安郡이라는 곳에 가게 되었는지는 알수가 없다. 아마도 지인을 만나러 갔을 테지만 시인이 정작 만난 것은 지인이 아닌 뒤뜰 연못에 집약적으로 모여 있는 초여름 풍광이었다. 적당히 덥혀진 초여름의 연못 물은 마름과 부평초가 그 윗자리를 다투는 각축의 장이다.

그 풀들이 경쟁적으로 뿜어내는 초록빛으로 말미암아 연못은 녹색 비단을 두른 성장盛裝의 자태를 뽐낼 수 있게 되니 연못으로서는 그 풀들이 여간 반가운 존재가 아닐 수 없다. 연못 위를 덮은 초록 비단에 시인의 시선이 머무는가 싶더니 어디선가 들리는 새 소리가 시인의 관심을 앗아갔으니 그것은 다름 아닌 꾀꼬리였다.

초여름의 생기를 소리로 알리기라도 하려는 듯 꾀꼬리는 쉬지 않고 우는 것이 천 번은 족히 되는 것 같았다. 자연스레 시인의 시선은 꾀꼬리로 옮겨 갔다.

꾀꼬리를 찾던 시인의 눈을 사로잡은 것은 초여름 여왕의 자태를 뽐내는 장미였다. 꾀꼬리가 그렇게 쉬지 않고 울었던 것은 장미의 아름다운 자태에 매료되어 그 감흥을 주체할 수 없었기 때문이다.

초여름 연못에 또 하나의 귀한 손님이 찾아와 있었다. 초여름의 생기를 더욱 무르익게 만들어 주는 가랑비가 내리고 있었던 것이다. 그런데 종일토록 연못의 가랑비를 본 사람은 시인을 제외하고는 아무도 없었다. 복잡한 인간사와는 철저히 유리된 청정의 공간이었던 것이다. 그러나 가랑비를 모두가 다 외면한 것은 아니었다. 한 쌍의 원앙새가 서로 마주보며 연못 위로 떨어지는 빗물에 몸을 맡겨 붉은 깃털을 말끔히 씻어내고 있었다.

시사점 마름이며 부평초며 꾀꼬리며 장미며 가랑비에 깃털을 씻는 원앙새는 생기 넘치는 초여름의 풍광들이다. 그리고 이것들을 전부 포용하는 연못은 한가하고 생기 넘치는 초여름을 집약적으로 보여 주는 전시장이라고 해도 과언이 아니리라.

감성메모

초여름 낮잠

배경 여름이 되면 생각나는 것 중의 하나는 아마도 낮잠일 것이다. 낮
이 길고 더위가 본격화되면서 사람들 몸은 아침 한나절이면 지치게 마련이다.
이때 시원한 그늘에 누워 잠깐 눈을 붙이고 자는 낮잠은 어느 보약보다도 효
험이 있고 설탕물만큼이나 달콤하다. 그러나 낮잠을 아무나 즐길 수 있는 것은
아니다.

낮잠은 몸은 곤해도 마음이 한가한 사람에게만 찾아오는 귀한 손님인 것이
다. 송宋의 시인 양만리楊萬里도 낮잠이 찾아올 만한 위인이었던 모양이다.

한가히 사는 초여름 오후에 잠에서 깨어 일어나2
閑居初夏午睡起2

松陰一架半弓苔 송 음 일 가 반 궁 태	솔 그늘 아래의 시렁에 반궁 정도 이끼 끼고
偶欲看書又懶開 우 욕 간 서 우 나 개	우연히 책을 보려 해도 또 펴기조차 싫어진다
戲掬淸泉灑蕉葉 희 국 청 천 쇄 초 엽	재미로 맑은 샘물 손으로 떠다 파초 잎 씻어 주니
兒童誤認雨聲來 아 동 오 인 우 성 래	아이들은 빗소리로 잘못 알고 달려 나온다

스토리 초여름 한낮, 시인은 달콤한 낮잠에서 막 깨어났다. 시인이 낮잠을 청한 곳은 아마도 소나무 그늘 아래였던 것 같다. 낮잠에서 눈을 뜨자마자 맨 처음 눈에 띈 것이 솔 그늘이었으니 말이다.

솔 그늘 아래 시렁이 하나 달려 있는데, 그 위에는 이런저런 가재도구들 대신 이끼가 반궁半弓 즉 육척六尺만큼이나 높게 앉아 있었다. 변변한 살림살이 하나 없이 사는 시인의 소박한 생활을 엿볼 수 있는 대목이다. 여름 한낮에 시인에게 필요한 것은 오직 소나무 그늘이었던 것이다.

시인은 그곳에서 무엇에도 얽매이지 않고 유유자적하며 초여름을 즐기고 있는 듯하다. 세상의 번잡한 일들은 모두 물린 지 오래다. 간혹 우연한 계제에 책을 보고자 하는 생각이 들기도 하지만, 막상 책을 잡으면, 그것을 펴는 일조차도 하고 싶지 않을 정도로 마음껏 게으름을 피워 본다. 그러다가 무료해지면, 재밋거리를 찾는다.

맑은 샘물을 손에 한 움큼 쥐어다가 파초 잎에 뿌리는 것도 시인이 재미 삼아 하는 일일 뿐이다. 시인이 파초 잎에 물 뿌리는 소리를 아이들은 비 오는 소리로 알아듣고는 밖으로 뛰어나온다.

초여름 한낮, 소나무 그늘 아래에서 낮잠을 자다 깨어, 책을 볼까 하다가 이내 그만두고, 장난삼아 손에 샘물을 한 움큼 쥐어다가 파초 잎에 뿌리는 시인의 모습에서 무념무상無念無想의 경지가 읽히지 않는다면 이상한 일일 것이다. 여기에 비가 오는 줄 알고 밖으로 뛰쳐나오는 아이들의 순진무구한 모습이 더해지고 있으니, 참으로 한가하고 여유로운 무릉도원武陵桃源의 세계라고 아니 할 수 없을 것이다.

시사점 초여름에 접어들어, 날이 적당히 더워졌을 때, 소나무 그늘 아래 놓인 평상 위에 편안하게 누워 낮잠을 자는 것은 이 계절에만 누릴 수 있는 호사가 아닐 수 없다. 낮잠을 통해 세상의 모든 잡념들을 떨쳐버리고, 딱히 무얼 하고자 하는 생각마저도 마음에서 비워낼 수 있다면, 이러한 낮잠은 단순한 낮잠이 아닐 것이다. 이러한 낮잠은 세파에 찌든 사람들을 무념무상의 경지로 안내하는 통로라고 해도 과언이 아닐 것이다.

감성메모

소나기

하지夏至가 지나고 나면, 본격적으로 여름이 시작된다. 부쩍 뜨거워진 여름날에 기다려지는 것은 단연 소나기일 것이다. 불볕더위에 바짝 마른 대지를 적시는 데는 이만한 것이 없다. 그러나 소나기는 예기치 못하게 오는 경우가 많기 때문에 산이나 들에서 갑자기 이를 만나면 낭패를 보는 경우도 종종 있다. 반가우면서도 당혹스러운 손님인 여름 소나기를 송宋의 시인 화악華岳도 지켜볼 기회가 있었다.

소나기 驟雨

牛尾烏雲潑濃墨 우 미 오 운 발 농 묵	소꼬리에 검은 구름 짙은 먹물 뿌리고
牛頭風雨翻車軸 우 두 풍 우 번 거 축	소의 머리 쪽에 비바람 몰아쳐 수레바퀴 뒤집히네
怒濤頃刻卷沙灘 노 도 경 각 권 사 탄	성난 물결 잠깐 동안에 모래 여울 휩쓸고
十萬軍聲吼鳴瀑 십 만 군 성 후 명 폭	십만 군사의 함성처럼 폭포 소리 울리네
牧童家住溪西曲 목 동 가 주 계 서 곡	목동의 집은 개울 서쪽 모퉁이에 있는데
侵早騎牛牧溪北 침 조 기 우 목 계 북	이른 새벽 소를 타고 개울 북쪽으로 풀 뜯기러 갔다가
慌忙冒雨急渡溪 황 망 모 우 급 도 계	황망하게 비를 무릅쓰고 급히 개울을 건너는데
雨勢驟晴山又綠 우 세 취 청 산 우 록	비의 기세 드세더니 갑자기 맑아지니 산은 다시 푸르다

스토리 여름날 소나기를 갑자기 만나면, 가장 황망하게 되는 사람 중에 하나는, 집에서 멀리 소를 끌고 나간 목동일 것이다. 집을 나설 때만 해도 비가 내릴 기미가 전혀 없었던 터였다. 그런데 한순간에 갑자기 하늘이 표변하였다.

소를 몰던 목동은 화들짝 놀라 하늘의 기색을 살펴보았다. 붙들고 있는 소의 꼬리 쪽으로 고개를 돌려보니, 까만 구름이 깔려 있었는데, 시인의 눈에는 마치 누군가가 진한 먹물을 뿌려놓은 것처럼 보였다.

그러면 소의 머리 쪽은 어떠했을까? 그쪽으로는 강한 비바람이 치고 있었는데, 그 기세가 마치 수레바퀴를 뒤집을 듯 거세다. 소나기가 한바탕 몰려온 것이다. 순식간에 성난 파도가 만들어져 모래 여울을 휩쓸어 버렸다.

그리고 조금 전까지는 들리지 않았던 폭포 소리가 들렸는데, 그 소리가 어찌나 우렁차던지 마치 십만 군사가 한꺼번에 내지르는 함성 같았다. 이 갑작스런 소나기에 혼비백산한 것은 목동이었다.

이 목동의 집은 개울 서쪽 모퉁이에 있었는데, 새벽에 소를 타고 개울 북쪽으로 풀 뜯기러 왔던 터였다. 소나기에 깜짝 놀란 목동은 비를 무릅쓰고 급하게 개울을 건너 집으로 돌아갔다. 그러자 얼마 안 있어, 비가 그쳤다.

세상을 삼켜버릴 듯 기세등등하던 비가 언제 그랬냐는 듯 갑자기 멈추고 하늘이 맑아졌고, 소나기에 가려져 보이지 않던 산이 또 녹색 빛을 띠고 나타났다. 오는 것도 가는 것도 갑작스러운 것이 여름철 소나기인 것이다.

시사점 여름철 소나기는 소란한 듯 무서운 듯하지만, 기실 여름 무더위와 가뭄에 지친 생명들에게는 그야말로 생명의 감로수甘露水가 아닐 수 없다. 이런 의미에서 소나기의 소란함은 여름 숲을 더욱 맑고 곱게 하려는 치장의 소리요, 소나기의 무서움은 세수하지 않으려고 떼쓰는 어린아이를 어르는 어머니의 호통 같은 것이라고 보아도 좋으리라.

감성메모

산속의 여름

배경 인간사가 아무리 복잡해도, 한여름 날씨가 아무리 무더워도, 이런 것들에 아랑곳하지 않는 곳이 있다면, 그곳은 바로 깊은 산속일 것이다.

그렇다고 산속에는 여름이 비켜가는 것은 아니다. 다만 한가하고 평화로울 뿐이다. 깊은 산속에서는 사나운 여름 무더위도 순하디순한 자연의 일부일 뿐이다.

당唐의 시인 이함용李咸用은 이러한 여름 산속을 면밀히 관찰하였다.

왕거사의 산속 집　題王處士山居

雲木沈沈夏亦寒 운 목 침 침 하 역 한	구름 낀 나무숲 무성하여 여름이 차갑고
此中幽隱幾經年 차 중 유 은 기 경 연	이곳에서 지낸 지가 몇 년이나 되는지
無多別業供王稅 무 다 별 업 공 왕 세	남처럼 별장이 많아서 세금 낼 일도 없었고
大半生涯在釣船 대 반 생 애 재 조 선	반생을 고깃배를 탔었다네
蜀魂叫回芳草色 촉 혼 규 회 방 초 색	두견은 울어 향기로운 풀빛 새로 불러오고
鷺鷥飛破夕陽煙 로 사 비 파 석 양 연	해오라기 날아들며 저녁 연기 깨뜨린다
干戈消地能高臥 간 과 소 지 능 고 와	전쟁이 그치면 베개 높이 베고 잠들 수 있건만
只個逍遙是謫仙 지 개 소 요 시 적 선	이런 중에도 소요하는 그대가 곧 신선이라오

스토리　시인은 여름 어느 날 깊은 산속을 찾았다. 그곳에 오랜 친구인 왕처사王處士가 은거하고 있었기 때문이다.

그 산속은 어찌나 깊고 높은지, 나무숲에 구름이 맞닿아 걸쳐 있고 나무들은 울창하기 그지없다. 그래서 그런지 여름이지만 한기寒氣가 여전히 남아 있다. 이렇게 깊숙한 곳에서 왕처사는 홀로 떨어져 숨어 살며 몇 번이고 해를 보내고 있었다.

산에 들어오기 전에도 왕처사의 삶은 부귀영화와는 거리가 있었다. 여기저기 커다란 농장을 경영하기 위해 필요한 것이 별장들인데, 그에게는 이런 별장이 많지 않았고, 따라서 세금 낼 일도 별로 없었다. 그리고 반평생 이상을 낚싯

배에서 지냈다. 그만큼 소박하게 살았다는 이야기이다. 그런 그가 속세의 일을 저버리고 깊은 산속으로 들어와 버렸던 것이다.

산속에서 왕처사가 사는 모습은 물아일체物我一體 그 자체이다.

여름새인 두견새가 울어대면, 이에 화답이라도 하듯 꽃다운 풀들이 흐드러지게 제빛을 발한다. 이뿐만이 아니다. 해오라기가 날았다 하면, 석양 속의 연기가 몇 조각으로 갈라진다. 어떠한 인위의 가미도 없는 자연 그대로의 모습 아닌가?

바깥세상에서는 여전히 전쟁이다 뭐다 하여 골치 아픈 일이 한 둘이 아니어서 하루도 베개를 높이 베고 잠 잘 수 없지만, 이곳은 전쟁 같은 인간들의 극악스러운 일들이 얼씬도 하지 못한다. 세상의 번다함과 담을 쌓은 곳에서 소요하는 왕처사야말로 하늘에서 온 신선이라고 시인은 감탄해 마지않는다.

세상사 복잡하여 머리가 아픈데, 여기에 여름 무더위가 겹치면 사람들은 견디기 어렵다.

이럴 때 깊은 산속으로 들어가 보면 바깥세상과는 전혀 다른 분위기의 세상을 만날 수 있을 것이다.

그곳은 전쟁도 없고 다툼도 없다. 그리고 여름이지만 더위도 없다. 묵묵히 진행되는 자연의 질서가 있을 뿐이다.

시사점 사람들은 그 모습을 보고 인간사의 부질없음을 깨닫고 참된 생명의 의미를 새기게 되니, 여름날 깊은 산속은 단순한 은둔자의 도피처가 아닌 진정한 삶을 깨닫게 하는 도량이라고 보아도 좋을 것이다.

더위 대하기

배경 여름이 오면 사람들은 더위를 피하기 위해 갖은 노력을 다한다. 보통 산으로 바다로 더위를 피해 가는 동적인 방법을 택하는 경우가 대부분인데, 이와는 반대로 더위에 아랑곳하지 않고 마음을 다스리며 한곳에서 꼼짝하지 않는 정적인 방법을 선호하는 일도 종종 있다. 이는 더위를 피하지 않고 마음으로 다스리며 즐기는 방법이다.

당唐의 시인 백거이白居易는 후자를 선택한 사람 중의 하나였다.

여름날　夏日

東窓晚無熱 동 창 만 무 열	동쪽 창문은 저녁이라 덥지 않고
北戶涼有風 북 호 량 유 풍	북쪽 문으로는 서늘하게 바람이 불어오네
盡日坐複臥 진 일 좌 복 와	종일토록 앉았다 누웠다 하며
不離一室中 불 리 일 실 중	떠나지 않고 내내 방 안에 있었네
中心本無繫 중 심 본 무 계	마음속 깊은 곳에는 얽매임이 없으니
亦與出門同 역 여 출 문 동	이 또한 문밖으로 나온 것과 마찬가지라네

스토리　무더운 어느 여름날, 시인은 어디선가 하루를 보내고 있었다. 더위를 피해 산으로 물로 갈 법도 하지만, 시인은 방 안에서 꼼짝하지 않고 빈둥거리고 있다.

문 닫아 놓았다 해서 못 들어올 더위가 아니지만, 시인은 짐짓 더위의 내방을 모르기라도 하는 듯, 딴청을 부리기로 마음을 먹었다.

시인은 아침에 잠에서 깨어난 뒤로 문밖출입을 하지 않고 저녁까지 내내 방 안을 지키고 있었다. 그 사이 찾아온 손님이 하나 있었으니, 여름 더위가 그것이다. 홀로 있는 시인에게 손님은 반가운 존재여야겠지만, 시인은 찾아온 손님을 반가워하기는커녕 본 체 만 체 거들떠보지도 않았다.

왜냐하면 이 손님은 여름이면 누구에게나 찾아가지만, 누구도 반기지 않는 불청객이기 때문이다.

시인이 모르는 척하고 있는 사이, 이 손님은 제 풀에 꺾여 저절로 물러나고 말았다. 달갑지 않은 손님을 대하는 시인의 내공이 이만저만이 아니다.

저녁이 되어 해가 들어가니, 해에서 제일 먼 방 안의 동쪽 창부터 더위가 가시기 시작했다. 그리고 북으로 난 문 쪽에서는 시원한 기운이 돌았는데, 열린 문으로 한 줄기 바람이 들어왔던 것이다. 열기가 가신 동쪽 창, 시원한 바람이 들어온 북쪽 문, 이미 방 안에는 낮 동안 끈질기게 머물러 있던 불청객인 더위가 더 이상 보이지 않게 된 것이다.

시인은 더위에도 불구하고 하루 종일 방 안을 떠나지 않았다. 앉았다 누웠다를 반복하며 방 안을 지키고 있을 뿐이었다. 그런데도 마치 문 열고 나가 시원한 곳을 찾아 가기라도 한 것처럼 느껴졌으니, 그 열쇠는 바로 마음에 있었다. 마음으로 더위에 얽매이지 않으니, 더위가 전혀 번거롭게 느껴지지 않았던 것이다.

여름 더위는 무작정 피한다고 해서 피해지는 것이 아니다. 산으로 물로 시원한 곳을 찾아가는 동적인 방법만으로 더위를 완벽하게 피할 수는 없다. 마음에 화가 그대로라면, 피서지가 도리어 더 짜증스러운 곳이 되는 경우도 많이 있다.

시사점 문제는 마음이다. 마음이 더위를 개의치 않으면 더위는 저절로 물러나게 되어 있으니 말이다.

무더위 잊기

배경 여름의 무더위를 잊는 방법은 여러 가지가 있겠지만, 아름다운 자연의 풍광이나 어여쁜 여인의 자태에 흠뻑 빠지는 것만 한 것은 없을 것이다.

아름답고 어여쁜 모습에 넋을 잃고 나면, 제아무리 사나운 삼복더위라 할지라도 아예 느껴지기조차 않을 테니 말이다.

당唐의 시인 이백李白으로 하여금 여름 무더위를 전혀 느끼지 못하도록 한 것은 무엇이었을까?

자야오가 여름 노래 子夜吳歌夏歌

鏡湖三百里 경 호 삼 백 리	거울같이 맑은 호수 삼백 리
菡萏發荷花 함 담 발 하 화	연봉오리에서 연꽃이 피는구나!
五月西施採 오 월 서 시 채	오월에 서시가 연밥을 따면
人看隘若耶 인 간 애 약 야	사람들이 구경하느라 몰려들어 약야계가 비좁았다네
回舟不待月 회 주 불 대 월	달이 채 뜨지도 않았는데 배를 돌려
歸去越王家 귀 거 월 왕 가	월나라 왕궁으로 돌아갔다네

스토리 먼저 시인의 시선을 사로잡은 것은 여름 풍광이었다. 그것은 아름다우면서도 시원하기 그지없는, 한 폭의 그림 같은 장면이었다. 여름철 무더위를 식혀 주는 풍광으로 호수만 한 것도 드물 것이다. 시원함은 기본이고, 여기에 거울의 맑음과 삼백 리라는 너비를 더했다면, 그 느낌이야말로 환상일 수밖에 없을 것이다.

시원하고 맑은 물이 삼백 리만큼 널찍하게 펼쳐진 것만으론 다소 밋밋할 수 있어서였을까? 여름의 진객인 연꽃이 거들고 나섰다. 녹색의 넓죽한 잎새 위로 고개를 내민 꽃봉오리에서 하얗게 피어난 연꽃의 자태는 보는 이의 넋을 뺏기에 충분하였다.

맑고 넓은 호수와 녹색과 백색이 기막히게 어우러진 연꽃의 조합으로 환상의 여름 풍광은 완성되었다. 이러한 여름의 환상적 풍광에 아리따운 여인이 더해진다면 이보다 더한 금상첨화錦上添花가 어찌 세상에 또 있겠는가?

시인은 월나라 미녀 서시西施를 끌어들여 환상적 여름 풍광의 대미를 장식하였다. 음력 오월 여름날 서시가 월나라 궁궐 근처에 있는 약야계若耶溪에 연밥을 따러 나오곤 했는데, 그 아리따운 모습을 보려고 사람들이 몰려들어 약야계가 비좁을 지경이 되기 일쑤였다. 그런데 그녀는 달이 채 뜨기도 전에 서둘러 배를 돌려서 궁궐로 돌아가 버렸으니, 구경 나온 사람들의 안타까움은 이루 말할 수가 없었다.

호수와 연꽃, 여기에 미인을 결합시켜 환상적인 여름 장면을 연출한 시인의 솜씨가 참으로 탁월하다.

시사점 아무리 견디기 어려운 여름 더위라 하더라도, 푹 빠질 만한 아름다운 장면이 있다면, 사람들은 더위 따위는 아랑곳하지 않을 것이다. 문제는 그런 장면을 과연 만날 수 있는가일 것이다. 실제로 이러한 장면을 만난다면야 더 이상 말할 필요도 없겠지만, 유감스럽게도 그렇게 되기가 쉽지 않은 것이 현실이다. 그렇다고 실망할 필요는 없다. 주변의 평범한 장면들에 각자만의 상상력을 동원해 환상적인 장면을 꾸밀 수가 있기 때문이다. 일단 환상적인 장면이 머리에 떠오르면, 여름 더위는 저절로 물러나고 말 것이다.

감성메모

여름 손님

무더운 여름날 손님이 찾아오는 것만큼 무서운 일도 없을 것이다. 가족들 간에 같은 공간에서 부딪히는 것조차도 짜증이 나기 쉬운데, 여기에 편치 않은 손님까지 더해지면 여간 고생스러운 일이 아닐 수 없다.

그러나 사람이 살다 보면 반갑기 그지없는 여름 손님도 있게 마련이다.

아무리 날씨가 덥더라도 살림살이가 아무리 곤궁해도 반가운 손님은 과연 어떤 손님일까?

당唐의 시인 두보杜甫에게도 반가운 여름 손님이 찾아온 일이 있었다.

어느 여름날 이공이 나를 찾아와 주다 夏日李公見訪-杜甫

遠林暑氣薄
원 림 서 기 박
멀리 들어온 숲은 더운 기운이 적은데

公子過我遊
공 자 과 아 유
귀한 분이 내가 있는 곳을 지나다 오셨네

貧居類村塢
빈 거 류 촌 오
가난한 거처는 마을 담이나 다름없고

僻近城南樓
벽 근 성 남 누
한쪽 귀퉁이에 있어 성의 남쪽 누대에 가까웠네

傍舍頗淳朴
방 사 파 순 박
이웃 사람들은 모두 순박하여

所願亦易求
소 원 역 이 구
아쉬운 것도 쉽게 구한다네

隔屋問西家
격 옥 문 서 가
담 너머 서쪽 집에 묻기를

借問有酒不
차 문 유 주 불
술 좀 가진 것 없는가 하니

牆頭過濁醪
장 두 과 탁 료
담장 너머로 막걸리를 건네준다

淸風左右至
청 풍 좌 우 지
맑은 바람 좌우에서 불어오니

客意已驚秋
객 의 이 경 추
손님은 마음속으로 이미 가을인가 놀란다

巢多衆鳥鬪
소 다 중 조 투
새둥지 많아 뭇 새들은 다투고

葉密鳴蟬稠
엽 밀 명 선 조
나뭇잎 무성하여 매미 소리 요란하다

苦遭此物聒
고 조 차 물 괄
시끄러운 매미 소리 듣기가 괴로운데

孰謂吾廬幽
숙 위 오 려 유
누가 내 집이 그윽하다 하는가

水花晩色靜
수 화 만 색 정
연꽃은 저녁 빛에 고요하니

庶足充淹留
서 족 충 엄 류
손님 잡아두기에 충분하네

預恐樽中盡
예 공 준 중 진
술통의 술 떨어질까 미리 두려워

更起爲君謀
갱 기 위 군 모
다시 일어나 술 마련해 두려네

스토리 시인의 집은 가난하고 궁벽하여 누추하지만, 그래도 도심으로부터 멀리 떨어진 숲에 있는지라 더운 기운이 덜해서 여름을 지내기는 좋은 편이다.

그래서 도회지 윤택한 곳에 사는 귀한 손님이 찾아오기도 하는 것이다. 그런데 시인이 사는 곳은 시원한 것 말고도, 귀한 손님을 맞기에 좋은 점이 여럿 있었다. 마을 이웃들이 순박하고 인정이 많아서 무엇이든 기꺼이 있는 것을 내어 준다.

시인이 미처 준비하지 못한 술과 음식을 담장 너머로 전해 주는 모습은 정겹기 그지없다. 때 이른 가을 맛을 선사하는 시원한 바람 또한 손님의 환심을 사기에 족하다. 여기저기서 들리는 새소리, 매미 소리는 여기가 외진 곳임을 잊게 하는 효과 음향이다.

여기에 저녁 연꽃까지 더해지면, 손님은 하루 더 머물고 싶은 생각을 감출 수 없게 되고, 시인은 다시 일어나 남은 손님 대접을 궁리한다. 참으로 따뜻한 여름 나기가 아닐 수 없다.

시사점 여름 손님이 무조건 무서운 것은 아니다. 시원한 바람, 풍성한 자연, 따뜻한 인심으로 여름 손님을 하루 더 머물게 하는 것이 그리 어렵지 않을 테니 말이다.

여름 산속의 일탈

여름 더위가 찾아오면, 처음에는 사람들은 그것을 피하려고 시원한 그늘을 찾기도 하고 부채질을 하기도 하고 찬 음식을 먹기도 하고, 여러 가지 노력을 한다.

그럼에도 불구하고 무더위가 연일 계속되다 보면, 사람들은 이도 저도 대책 없이 심신이 지쳐버리고 만다. 이럴 때는 남의 이목으로부터 자유로우면서도 시원한 곳을 찾아가 아예 옷을 벗어 던지고 시원한 바람을 쏘이는 것이 상책일 것이다.

당唐의 시인 이백李白도 그러한 방법으로 지독한 무더위를 견디었다.

여름날 산속에서 夏日山中

懶搖白羽扇 나 요 백 우 선	흰 깃털 부채도 권태로워
裸袒青林中 나 체 청 림 중	푸른 숲에서 웃통 벗는다
脫巾掛石壁 탈 건 괘 석 벽	두건 벗어 바위에 걸고
露頂灑松風 노 정 쇄 송 풍	맨머리로 솔바람 맞아 본다

스토리 세상에서 가장 가벼운 것 중의 하나가 새의 깃털이다. 그렇게 가벼운 깃털로 만든 부채니만큼 아주 가벼울 것은 불문가지이다. 그런데 한여름 무더위에 지치다 보면 이렇게 가벼운 깃털 부채도 천근만큼 무겁고 귀찮게 느껴지기 마련이다.

더구나 하얗게 빛이 나는 것이라서 가볍고 시원한 느낌이 훨씬 더한 백우선 白羽扇인데도, 이마저도 싫다면 시인은 아예 아무것도 하고 싶지 않은 것이리라.

그렇다고 시인이 무더위를 무작정 견디기로 한 것은 아니다. 이미 산속에 들어와 있던 차였는데, 이런저런 체면치레로 의관을 정제한 채 백우선을 부치면서 그럭저럭 더위를 피하던 터였다. 그러나 더위에 지칠 대로 지친 지금은 백우선 부치기도 귀찮아졌다. 그래서 체면이고 뭐고 다 내팽개치고 웃통을 훌러덩 벗어버렸다.

머리에 두르고 있던 두건은 벗어서 바위벽에 걸어 두었다. 그리고는 오랜만에 맨살이 된 이마로 솔바람을 쏘였다.

웃통을 벗어 버리고 머리를 감싸고 있던 두건을 풀어 바위에 걸어 버렸으니 몸이 시원한 것은 말할 것도 없다. 초목이 우거질 대로 우거진 깊은 산속에 있는 것만으로도 도회지에 있는 것보다 몇 배는 시원할 터인데, 하물며 웃통도 벗고 두건도 풀고 게다가 솔바람까지 불어 주니 물리적인 그 시원함이야.

그러나 여기서 간과하지 말아야 할 것이 있으니, 바로 심리적인 부분일 것이다. 시인을 지치게 한 것은 한여름 계속된 무더위만은 아니었고, 세속적 예교에 얽매인 삶의 자세에도 있었기 때문이다. 시인은 무더위를 기화로 과감히 정신적 굴레를 벗어던질 수 있었으니, 그 심리적 시원함은 이만저만이 아니었을 것이다.

무더위에 지칠 대로 지치고 나면, 사람들은 매사에 의욕을 잃고, 심지어는 부채질마저 성가시게 느껴지기 쉽다. 이럴 때 필요한 것이 발상의 전환이다.

시사점 평소 남을 의식하던 옷차림을 과감히 버리고, 과감하게 시원한 복장을 하는 것도 하나의 방법이다. 아예 웃통을 벗는 것도 이럴 때는 나무랄 일이 아니다. 여기에 심리적인 일탈이 더해지면 시원함은 배가될 것이다. 이러한 의미에서 남의 이목으로부터 자유롭고 시원한 그늘과 바람이 있는 산속은 여름에 일탈을 통해 무더위를 잊을 수 있는 최적의 공간이 아닐 수 없다.

여름 낮잠

삼복 동안이면 무더위는 낮과 밤을 가리지 않고 기승을 부린다. 그래서 밤에도 기온이 낮아지지 않아 잠을 설치기가 쉽다. 이럴 때 긴요한 것이 바로 낮잠이다. 여름철 무더위에 지친 몸을 달래 주는 것으로 이만한 것이 또 있을까?

제아무리 유명한 여름 보양식이라도 여름 낮잠 앞에서는 꼬리를 내릴 수밖에 없을 것이다.

고려의 시인 이규보李奎報는 어느 여름날 오후 늘어지게 낮잠에 빠진 어느 팔자 좋은 사람을 보는 행운을 누렸다.

여름 어느 날 夏日卽事

簾幕深深樹影廻
염 막 심 심 수 영 회
발 쳐진 깊숙한 곳 나무 그림자 어른거리고

幽人睡熟鼾成雷
유 인 수 숙 한 성 뢰
은자는 깊은 잠에 빠져 우레 같은 코 고는 소리 들리네

日斜庭院無人到
일 사 정 원 무 인 도
해 저무는 뜰에 사람은 오지 않고

唯有風扉自闔開
유 유 풍 비 자 합 개
불어오는 바람에 문짝만 닫혔다 열렸다 하네

스토리　시인은 무더운 여름 어느 날 깊은 산속에서 은거하는 벗을 찾아 갔다. 그곳에서 시인은 여름낮에만 볼 수 있는 진풍경을 구경하게 되었다. 인 적이 드문 산속인지라 집에 대문이 있을 필요가 없다. 있어도 아마 열린 채로 방치되어 있었을 것이다.

집으로 들어서니 곧장 방문 앞이다. 방문은 활짝 열려 있고, 대신 갈대로 엮은 발과 헝겊 휘장이 드리워져 있다. 아직 시인이 만나러 온 벗의 모습은 보이지 않는다.

방 안은 어찌나 깊숙하게 보이던지 사람이 있는지 없는지 알 수는 없고 다만 나무 그림자가 어른거리는 모습이 보일 뿐이다. 그 방에 찾는 벗이 있음을 안 것은 눈을 통해서가 아니라 귀를 통해서였다.

어디선가 천둥소리가 들리는가 싶었는데 알고 보니 그 소리는 그 집 주인이 낮잠을 자면서 낸 코 고는 소리였다. 대낮임에도 사람이고 짐승이고 어느 것도 찾아오는 일이 없어서 고요하기 그지없는 곳이었기에, 그리고 세상 걱정과는 담을 쌓고 무념무상無念無想의 경지에 이르러 태평한 삶을 살다 보니 코 고는 소

리가 클 수밖에 없었을 것이다.

코 고는 소리를 천둥소리라고 함으로써 고요함과 태평함을 동시에 느끼게 한 시인의 감각이 예사롭지 않다. 예고 없는 시인의 인기척에도 시인의 벗은 아무 일도 없다는 듯 태평하게 코를 골며 낮잠을 즐길 뿐이다.

시인은 벗의 낮잠을 그대로 둔 채 가만히 집 안을 관조하고 있을 뿐인데 해가 기울도록 찾아오는 사람이라고는 단 하나도 없다. 사람은 고사하고 짐승도 새도 오지 않는다. 벗의 코 고는 소리를 빼고는 적막만이 흐르는 이 집에 가끔 들리는 소리가 하나 더 있었으니 그것은 다름 아닌 바람에 닫혔다 열렸다 하는 사립문 소리였다.

사립문 소리는 사람이 찾아와 문을 열면서 내게 되어 있지만 찾아오는 사람이 아무도 없어서 바람이 그 역할을 대신하고 있는 것이리라.

시사점 무더위에 지쳤을 때, 그리고 세파에 찌들어 지쳤을 때 모든 것을 잊고 깊은 산속 고요한 곳을 찾아가 낮잠을 즐길 수 있다면 얼마나 좋겠는가?

그러나 이러한 호사豪奢는 아무나 누릴 수 있는 것이 아니다. 결코 돈으로 살 수 없으며 사회적 지위나 명예로 얻을 수도 없다.

한여름 산속 깊은 곳에서 즐기는 낮잠은 무념무상無念無想의 경지에 이른 사람만이 누릴 수 있는 특전 아닌 특전이라고 해도 좋을 것이다.

칠석의 낭만

배경　유한한 시간을 사는 생명체들에게 이별은 피할 수 없는 현상이다. 그것은 슬프다거나 기쁘다거나 하는 감정상의 일은 아니지만, 사람들은 이별을 슬픈 것으로 간주하고 그중에서도 영원한 이별을 가장 비극적인 것으로 여기곤 한다. 이러한 이별을 전설로 승화하여 그것의 미학을 구축한 것이 바로 견우직녀가 주인공으로 등장하는 칠석의 이별과 만남이다.

일 년 중 칠월 칠석七夕 단 하루 저녁만 허용되는 만남은 영원한 이별에 마주한 사람들에게는 큰 위안이요, 늘 함께 할 수 없는 사람들에게는 아쉬움의 정을 느끼게 한다.

조선朝鮮의 시인이자 기생이었던 이옥봉李玉峰에게 칠석은 어떤 느낌으로 다가왔을까?

칠석 七夕

無窮會合豈愁思　끝없이 만나니 어찌 수심 있을까
무 궁 회 합 기 수 사

不比浮生有離別　덧없는 삶에 이별 있음과 견줄 수가 없도다
불 비 부 생 유 이 별

天上却成朝暮會　하늘에서는 도리어 아침저녁 만남이었던 것이
천 상 각 성 조 모 회

人間漫作一年期　사람 세상에서는 멋대로 연례행사가 되었네
인 간 만 작 일 년 기

스토리 　회자정리會者定離라 했거늘 이별 없는 세상이 있을 수 있을까? 시인의 생각으로는 하늘나라가 그렇다. 그곳에서는 수많은 만남만 있을 뿐 이별은 없다. 그러니 이별에 따른 근심 걱정도 있을 수 없다. 이러한 시인의 생각은 그저 희망사항일 뿐이겠지만, 숱한 이별을 겪는 사람 세상에서는 아예 생각도 할 수 없는 일이다.

　사람 세상은 언젠간 죽고 마는 덧없는 삶에 늘 이별의 고통마저 더해져 있으니, 영생불사에 이별이 없는 하늘나라와는 견줄 바가 못 될 것이다. 시인도 사람이기에 이별의 고통이라는 굴레를 벗어날 수 없는 숙명을 안고 살아갈 수밖에 없다. 더구나 시인은 날이면 날마다 뭇 남성을 만나고 헤어지는 일을 반복하는 기생 신분이 아니었던가?

　이러한 시인이 이별은 없고 만남만 있는 세상을 갈구하는 것은 어떻게 보면 지극히 당연한 것이었다. 마침 날이 음력 7월7일 칠석이었던지라, 자연스레 시인은 칠석 하면 연상되는 견우牽牛 직녀織女를 떠올렸다.

견우와 직녀는 본디 사람 세상과 하늘나라라는 서로 다른 공간에서 전혀 다른 모습으로 살고 있었지만, 직녀가 우연한 기회에 사람 세상에 내려왔을 때 만나 부부의 연을 맺고 오순도순 행복한 삶을 함께 꾸려나갔던 사이였다. 그러나 고향이 그리워진 직녀가 하늘나라로 돌아가면서 이들의 이별은 현실이 되었다. 이렇게 헤어진 견우직녀가 일 년에 한 번 만날 수 있는 날이 바로 칠석이었으니, 이별의 트라우마에 시달리는 시인에게 칠석은 각별한 의미로 다가올 수밖에 없었을 것이다.

그래서 시인은 푸념 아닌 푸념을 내뱉고 말았으니, 하늘나라 같으면 아침저녁으로 만날 것을 누가 멋대로 일 년에 단 한 번 만나게 만들었냐고 말이다.

시사점 사람의 일생은 만남과 헤어짐으로 점철되어 있다고 해도 과언이 아니다. 만남의 기쁨도 잠시, 돌연한 이별 앞에서 사람들은 차라리 만남이 없는 것이 더 나을 것 같다는 생각을 하게 마련이다. 이럴 때 사람들은 칠월 칠석 견우직녀의 전설을 떠올리며 이별의 회한을 잠시나마 달래곤 하니, 칠석은 이별의 아픔을 아름다운 낭만으로 둔갑시키는 마법의날이라고 보아도 무방하리라.

감성메모

초여름

봄꽃이 하나 둘 떨어지고 그 자리를 진록의 잎사귀들이 차지하면, 이미 여름이 시작된 것으로 보아도 된다.

아침저녁으로 서늘한 기운이 남아 있지만, 한낮은 이미 여름 느낌으로 충만하다.

여름 하면 뭐니뭐니 해도 더위가 제일 먼저 떠오른다.

더위가 심하면 견디기 어렵지만, 초여름 더위는 아직 심한 것은 아니라서 견딜 만할뿐더러, 어떤 때는 몸을 나른하게 하고 마음을 느긋하게 해주기도 한다.

이런 초여름 더위를 즐기기에는 낮잠만 한 게 없다.

고려高麗의 시인 곽예郭預도 초여름 낮잠의 유혹을 피할 수는 없었다.

초여름 初夏

千枝紅卷綠初均
천 지 홍 권 녹 초 균

온 가지에 꽃 지자 신록이 막 퍼지고

試指靑梅感物新
시 지 청 매 감 물 신

푸른 매실 가리키니 감흥이 새로워라

困睡只應消晝永
곤 수 지 응 소 주 영

긴 낮을 보내기는 곤한 잠이 제격인데

不堪黃鳥喚人頻
불 감 황 조 환 인 빈

꾀꼬리가 자주 사람을 불러 견딜 수 없네

스토리 가지마다 매달려 있던 꽃들의 붉은 기운은 누군가 두루마리 말듯 둘둘 말아 가버렸고, 대신 그 자리에 초록빛 물감이 골고루 뿌려지기 시작하였다.

나뭇가지가 붉은빛에서 녹색 빛으로 바뀐 것은 봄이 가고 여름이 오는 것을 알리는 자연의 신호이다. 신호를 감지한 시인의 눈에 들어온 것은 푸른 매실이었다.

신기한 것을 발견하기라도 한 것처럼, 시인은 손가락을 들어 그것을 가리켜 보았다. 그랬더니 그간 봄철에 느꼈던 것과는 사뭇 다른 새로운 것이 느껴졌다. 봄의 느낌은 온데간데없이 사라져 버렸고, 대신 여름의 느낌이 그 자리를 새롭게 차지한 것이다.

푸른 매실에서 여름을 느낀 시인의 뇌리에 먼저 떠오른 것은 바로 낮잠이었다. 여름의 특징은 날이 긴 것이고, 이 긴긴 여름날을 보내는 데는 낮잠만 한 것이 없기 때문이다.

그래서 시인은 낮잠을 청할 작정으로 평상에 누워 보았지만, 뜻밖의 훼방꾼이 등장했으니, 꾀꼬리가 바로 그것이다.

그런데 이 꾀꼬리 울음 또한 여름이 왔음을 알리는 소리이니, 낮잠의 훼방꾼으로만 치부해서는 안 될 일이었다.

계절이 바뀌는 것은 웬만한 감각으로 알아채기 힘들다.

무감각하게 하루하루를 지내다가, 어느 날 문득 계절이 바뀌었음을 느끼게 된다. 계절이 봄에서 여름으로 옮겨 갔음을 느끼게 하는 것은 나뭇가지 색깔이다.

시사점 나뭇가지가 꽃의 붉은 빛깔에서 잎의 녹색 빛깔로 바뀌면, 여름이 온 것이다. 그 나뭇가지 사이에서 들리는 꾀꼬리 소리는 여름이 왔음을 다시 한 번 확인시킨다. 비록 꾀꼬리 소리가 시끄럽다 해도 여름에는 낮잠의 유혹을 뿌리칠 수는 없다.

감성메모

여름 보약

배경 여름은 자연의 생명 활동이 가장 왕성한 시기이다.

꽃은 이미 열매로 바뀌었고, 이 열매를 키우고 영글게 하는 모든 일들이 이루어지는 게 바로 여름이기 때문이다. 이러한 의미에서 여름 숲 속은 세상에서 가장 분주한 공간임에 분명하다. 그러나 겉으로는 여름 숲은 고요하기만 하다. 사람들이 더위를 피해 숲을 찾는 이유도 시원한 것도 있겠지만 고요하기 때문이기도 하다.

고요한 여름 숲에서 사람들이 할 수 있는 최고의 것은 무엇일까?

당唐의 시인 유종원柳宗元이 그 답을 말해 준다.

여름낮 우연히 짓다 夏晝偶作

南州溽暑醉如酒
남 주 욕 서 취 여 주

남쪽 땅 찌는 더위는 술처럼 취하게 하니

隱几熟眠開北牖
은 궤 숙 면 개 북 유

북창을 열고 책상에 기대 깊은 잠에 빠진다

日午獨覺無余聲
일 오 독 각 무 여 성

한낮에 홀로 깨니 아무 소리 들리지 않는데

山童隔竹敲茶臼
산 동 격 죽 고 다 구

산속 시동이 대숲 너머서 차 절구질을 한다

스토리 이 시는 시인이 남쪽 땅 류저우[柳州]에 폄적貶謫되었을 때 지은 것이다.

지금의 광시[廣西]에 가까운 이곳은 예나 지금이나 여름 더위가 이만저만이 아니다. 그래서 여름이면 술을 마시지 않았는데도 술에 취한 것처럼 정신이 혼미해지기 일쑤였다.

이러한 곳에서 여름을 나야 하는 시인에게 낮잠은 세상에서 제일 좋은 보약이나 다름없었으리라.

이 날도 찌는 무더위에 시인은 책상 앞에 앉아 책을 뒤적이다가, 그만 책상에 기대어 잠에 빠지고 말았다. 그것도 깊은 잠에 말이다. 때맞추어 챙겨 먹는 보약이라도 되는 듯이 시인은 여름낮이면 낮잠을 청하고 했던 것이다.

이렇게 앉은 채로 한참을 자다가 문득 깨어 보니 주변에 아무도 없이 자기 혼자이고 또한 아무 소리도 들리지 않았다.

여름낮 방 안에는 정적만이 흐르고 있었다. 그런데 이때 어디선가 정적을 깨는 소리가 나지막이 들려왔다.

그것은 다름 아닌, 시인의 거처를 둘러싼 대숲 너머에 있는 절에서 나는 소리였다.

절의 동자승이 절구에 차를 찧고 있었던 것이다. 무더위에 취해 모두 낮잠이라도 자는 듯 조용한 여름 산속 모습을 감각적으로 그려낸 시인의 솜씨가 참으로 탁월하다.

시사점 여름에 온갖 초목들은 열매를 맺느라 분주하지만, 사람들은 더위에 지쳐 술에 취한 듯 늘어지게 마련이다. 이때 필요한 게 바로 보약 아니던가?

이러한 의미에서 낮잠은 세상에서 가장 귀한 여름 보약이라 해도 과언이 아니다.

모란이 지는 밤

배경 오월에 피었다 지는 모란은 예부터 부귀의 상징으로 여겨져 왔다. 이는 또한 당 현종玄宗의 비였던 양귀비의 미모에 비견되던 꽃으로 유명하였다.

이러한 모란은 계절적으로는 여름의 시작을 알리는 꽃이기도 하다. 봄을 보내는 아쉬움을 달래기라도 하는 듯, 어느 봄꽃보다도 풍성하고 화려한 미모를 자랑하는 모란은 성숙한 여름을 대표하는 꽃으로 손색이 없다.

당唐의 시인 백거이白居易는 어느 날 저녁 모란이 지려는 것을 목도하였다.

모란이 지다 惜牧丹花

惆悵階前紅牧丹
추 창 계 전 홍 목 단
　슬프다, 섬돌 앞 붉은 모란

晚來唯有兩枝殘
만 래 유 유 양 지 잔
　저녁 사이 두 가지만 남게 되었구나

明朝風起應吹盡
명 조 풍 기 응 취 진
　내일 아침 바람 불면 그것마저 지고 말 터

夜惜衰紅把火看
야 석 쇠 홍 파 화 간
　쇠락한 붉은 꽃 아쉬워 촛불 잡고 보노라

스토리　시인의 집 마당 섬돌 앞에는 모란이 심어져 있었는데 5월 때에 맞추어 예의 그 소담스러운 꽃송이를 붉게 피우고 있었다.

아침나절까지만 해도 그대로 피어 있겠거니 했던 모란꽃이 저녁을 지나면서 보니 달랑 두 가지에만 남아 있을 뿐이었고, 나머지는 어느새 지고 말았던 것이다.

정작 모든 가지에 피어 있을 때는, 그렇게 눈이 가지 않았는데, 이제 꽃이 대부분 떨어지고, 두 가지에만 남게 되자 시인은 갑자기 모란에 애착이 갔다.

모란꽃은 부귀의 상징이지만, 그것은 시인에게 크게 다가오지 않았다. 그렇다고 그 요염한 자태에 끌린 것 같지도 않다. 시인이 갑작스레 모란꽃에 애착이 간 것은 다름 아닌, 시간의 흐름에 대한 자각 때문이었다.

모란꽃은 짧게는 열흘에서 길게는 이십일까지 피어 있는 오월 꽃이지만 늦은 것은 6월까지 남아 있기도 하다. 이처럼 모란이 피고 지는 시기는 늦봄이자 초여름이다.

따라서 모란이 지고 있다는 것은 늦봄 내지 초여름이 가고 본격적으로 여름이 오고 있음을 알려 주는 것이다. 말하자면 시인에게 모란꽃은 봄의 지나감과 여름의 다가옴을 알려 주는 시계인 셈이다.

시사점 시인은 모란꽃이 풍성하게 피어 있을 때는 시간이 흐르는 것에 대해 무감각했지만, 다 지고 두 가지에만 꽃이 남아 있는 것을 보게 되자, 문득 시간의 흐름이 피부에 와 닿았다.

그러자 시인은 그날 밤 시간을 평소처럼 잠을 자며 보낼 수는 없다고 생각하게 되었다. 그래서 불을 켜 들고 밤새 모란꽃을 지켜보기로 한 것이다. 시간의 흐름에 대한 아쉬움을 섬세한 감각으로 묘사한 시인의 솜씨가 돋보인다.

여름 느낌

보통 여름은 사람들이 썩 좋아하지 않는 계절이다.

물론 사람에 따라서는 여름이 좋을 수도 있겠지만, 무더위를 힘들어하는 사람이라면, 여름이 좋을 리가 없다.

피할 수 없으면 즐기라는 말은 이 경우에도 예외가 아니다. 여름 무더위는 사람이 살다 보면 피할 수 없는 것이므로, 이를 싫어하고 짜증 내 본들 본인만 더 힘들어진다.

이런 경우 차라리 여름의 좋은 점을 찾아내어 그것을 즐기는 편이 훨씬 현명하다.

송宋의 시인 소순흠蘇舜欽은 여름을 즐길 줄 아는 사람이었다.

여름 느낌 夏意

別院深深夏簟淸
별 원 심 심 하 점 청
별채 깊은 곳에 여름 돗자리 정갈하고

石榴開遍透簾明
석 류 개 편 투 렴 명
석류꽃 활짝 피어 주렴 밖이 환하네

松陰滿地日當午
송 음 만 지 일 당 오
소나무 그늘은 한낮의 마당을 덮고

夢覺有鶯時一聲
몽 각 유 앵 시 일 성
이따금 꿈 깨우는 꾀꼬리 소리 들리네

스토리 여름은 무덥다. 특히 낮은 무덥다. 이처럼 무더운 여름낮을 지내기는 쉽지 않지만 그렇다고 여름낮이 마냥 미운 존재만은 아니다.

유심히 뜯어보면 여름낮에만 볼 수 있는 매력적인 정경이 한둘이 아니다. 집안 깊숙한 곳, 그곳이 대청마루든 안방이든 거기에 깔려 있는 돗자리도 그중 하나이다.

돗자리는 여름 더위가 아니었으면 전혀 존재감이 없었을 터이지만, 여름 더위로 인해 비로소 귀하신 몸으로 거듭나게 된다. 깨끗하고 뽀송뽀송한 돗자리를 시원하게 바람이 통하는 대청마루에 깔고 누워 있다 보면 여름 더위는 딴 나라 이야기일 뿐이다. 대청마루 돗자리에 시원하게 있다 보면 심신이 편안하고 여유로워지기 마련이어서, 주위의 정경들이 정겹게 눈에 들어온다.

그러고 보니 문밖 마당의 석류가 꽃이 한창이다.

주황빛 꽃망울을 활짝 터뜨려서 그 빛이 얼마나 강렬하던지 주렴을 치고 있었음에도 밝음이 느껴질 정도이다. 매력적인 여름 정경이 아닐 수 없다.

이뿐만이 아니다. 마당 먼 쪽 우뚝 솟은 소나무가 만들어 주는, 마당 가득한 그늘은 보는 것만으로도 시원함을 느끼게 하는 여름 정경이 아니던가? 여기에 하나가 더해지면, 이른바 화룡점정畵龍點睛이 완성될 터인데, 여름낮의 더위를 무색게 하는 꾀꼬리 소리가 그것이다. 그것도 여름 낮잠의 단꿈을 깨우는 꾀꼬리 소리 말이다.

시사점 여름은 무덥지만, 그 무더위로 인해 여름만의 정경이 있는 것이니, 더위를 탓할 일만은 아니다. 대청마루의 돗자리, 주렴 새로 비치는 석류꽃의 주황색 빛, 소나무가 만든 마당 그늘, 여기에 꾀꼬리 소리가 있어 여름은 즐겁다.

비 갠 여름날

배경 오뉴월 손님은 호랑이보다 무섭다는 속담이 있지만 여름에도 반가운 손님이 있으니 그것은 다름 아닌 비이다.

비는 무더위를 식혀 주기도 하고 고된 농사일을 쉬게 해주기도 하니, 어찌 반갑지 않겠는가?

비는 내릴 때보다 그치고 난 뒤가 더 좋으니, 후덕하다고 하지 않을 수 없다.

당唐의 시인 유종원柳宗元은 여름비가 그치고 난 뒤, 밖에 나가 빗물에 씻겨 말쑥해진 풍광에 매료되고 말았다.

초여름 비 갠 후 우계를 찾아서 夏初雨後尋愚溪

悠悠雨初霽 유 유 우 초 제	하염없이 내리던 비 막 개서
獨繞淸溪曲 독 요 청 계 곡	홀로 맑은 시내 구비를 둘러보네
引杖試荒泉 인 장 시 황 천	지팡이 끌어다 황량한 샘 재어 보고
解帶圍新竹 해 대 위 신 죽	허리띠 풀어 새로 자란 대나무에 걸어 둔다
沈吟亦何事 침 음 역 하 사	힘들여 읊조리는 것 또한 무슨 일이랴
寂寞固所欲 적 막 고 소 욕	조용한 삶이 본디 바라던 바였네
幸此息營營 행 차 식 영 영	다행히 이곳은 아등바등 살 일 없으니
嘯歌靜炎燠 소 가 정 염 욱	노래나 읊조리며 찌는 더위 가라앉히네.

스토리 지루하게 내리던 장맛비가 드디어 멈추고 이제 막 날이 개었다. 실로 오랜만에 맛보는 상큼함이었다.

비 온 끝이라 날씨도 시원하고, 눈에 보이는 풍광은 정갈하고도 아름답다.

이러한 상황이라면 누구라도 비 때문에 오랫동안 갇혀 있던 집 안을 벗어나 바깥나들이를 하고 싶을 것이다. 그래서 시인도 집을 나서 인근 냇가를 거닐었던 것이다.

비가 그치고 나서 물이 맑아진 시내를 홀로 돌아보았다. 아무런 목적도 없이 그저 이곳저곳을 둘러볼 뿐이었다.

그러다가 오래도록 사람들이 쓰지 않은 채 방치된 샘을 만났다.

시인은 무의식적으로 짚고 있던 지팡이로 그 샘을 건드려 본다. 별다른 뜻이 있어서가 아니다. 그저 살짝 궁금했을 뿐이다. 샘을 지나쳐 걷다가 이번에 만난 것은 대나무밭이다. 시인은 그냥 지나치지를 않고 새로 돋은 대나무에 허리띠를 풀어 걸쳐 본다. 이 또한 별 뜻이 있어서가 아니다.

새로 돋아나 약한 대나무니만큼 허리띠 무게를 견딜 수 있는지가 궁금했을 뿐이다.

시사점 이처럼 아무 생각 없이 걷다 보니, 문득 시를 힘들여 읊조리는 것조차도 부질없다는 생각이 들었다. 본디 조용하게 사는 삶이 바라던 바가 아니었던가?

세상 아등바등 살지 않아도 되는 곳에서 노래를 읊조리고 있노라면 여름 더위는 저절로 물러나고 만다.

곡지의 연꽃

연꽃 핀 연못을 바라보는 것은 사람들이 여름에 누릴 수 있는 호사 중 하나로 손색이 없을 것이다.

날이 맑으면 맑은 대로, 흐리면 흐린 대로 좋다. 비가 와도, 바람이 불어도 좋다. 물이 시원한 데다, 물 위를 파랗게 덮는 연잎, 그리고 빼곡한 연잎 사이로 붉게 하얗게 피어난 연꽃, 어느 하나 빠질 게 없다. 이러한 풍광만 놓고 본다면 여름은 지나가지 말아야 할 계절이다.

당唐의 시인 노조린照隣은 장안의 한 연못에 핀 연꽃을 보고 감회에 빠졌다.

곡지의 연꽃   曲池荷

浮香繞曲岸 부 향 요 곡 안	흩날리는 향기는 물가에 감돌고
圓影覆華池 원 영 복 화 지	둥근 잎 그림자는 꽃 핀 연못 뒤덮네
常恐秋風早 상 공 추 풍 조	늘 두려워라, 가을바람 일찍 불어와
飄零君不知 표 령 군 부 지	바람에 떨어져도 그대는 모를 것을

스토리 지금은 시안西安으로 불리는 장안長安은 당의 수도였고, 그 장안성 동남쪽에 곡강지曲江池라 불리는 연못이 있었다. 이 연못은 역대로 많은 시문들에 언급되고 있을 정도로 많은 사람에게 알려진 명소였다.

특히 두보의 곡강曲江은 두 수의 연작으로 지금도 인구에 회자되고 있다.

이 시의 곡지曲池는 바로 이 곡강지를 줄여 부른 것이다. 장안에 머물던 시인은 여름 어느 날 이 연못가에 나와 시간을 보내고 있었는데, 이때 마침 연못에는 연꽃이 한창이었다.

그래서 연못 둑에 이르자, 여기저기서 연꽃 향기가 진동하였으니, 이것을 시인은 떠다니는 향기 즉 부향浮香이라고 일컬은 것이다. 가까이 다가가 눈으로 직접 보지 않아도, 멀리서 그 향기만으로도 연꽃의 만개를 알아챌 정도였다.

향기에 취한 시인은 발걸음을 계속 옮기어 연못 가까이 다가가, 가까이서 연못을 살펴보았다. 연못의 물은 아예 보이지 않았다. 자랄 대로 자란 연꽃의 둥그렇고 커다란 잎사귀들이 그 그림자로 연못을 온통 덮고 있었던 것이다.

멀리서도 맡을 수 있는 짙은 향기로, 무성할 대로 무성한 잎사귀로, 연꽃이 이미 절정에 와 있음을 알아챈 시인은 순간 상념에 빠져들고 만다. 정상에 오르면, 이제 내려갈 일만 남은 것을 잘 알기에, 시인은 만개한 연꽃을 보고는 가을의 조락凋落을 떠올렸다.

시사점 연못과 어우러진 만개한 연꽃의 모습은 빼놓을 수 없는 여름 풍광 중 하나이다. 이는 여름의 절정을 나타냄과 동시에 가을의 도래를 예고한다.

더위 쫓기

배경 여름 무더위를 이기는 가장 좋은 방법은 무엇일까? 계곡이나 해변을 찾아가거나 부채, 선풍기 에어컨을 총동원해도 무더위를 피하기는 쉽지 않다.

피할 수 없으면 즐기라는 말은 무더위에도 예외가 아니다. 무더위가 무섭다고 무조건 피해 도망 다니기만 하면 도리어 무더위에 당하기 십상이다. 그럴 바에는 차라리 즐기는 편을 택하는 것이 낫다.

조선朝鮮의 시인 기대승奇大升의 눈에 여름 풍광은 마냥 정답기만 하였다.

여름 풍경　夏景

蒲席筠床隨意臥
포 석 균 상 수 의 와
부들 자리 대나무 침상에 누우니

虛欞疎箔度微風
허 령 소 박 도 미 풍
빈 창과 성긴 발로 미풍이 불어 든다.

團圓更有生凉手
단 원 갱 유 생 량 수
둥근 부채질에 다시 서늘해지니

頓覺炎蒸一夜空
돈 각 염 증 일 야 공
찌는 듯한 더위가 이 밤에 없어졌네.

스토리 여름 무더위를 식혀 주는 풍광 중에 빼놓을 수 없는 것이 연못 가장자리에 빽빽이 자라나 있는 부들의 모습일 것이다.

이 보기만 해도 시원한 부들의 잎과 줄기를 엮어 만든 자리가 있으니, 이것을 펴고 그 위에 눕는 것을 상상하는 것만으로도 웬만한 더위는 사라질 것 같다.

부들 못지않게 시원한 것이 바로 대나무이다. 겨울에도 푸른빛을 잃지 않아 강직한 절개를 상징하는 대나무이지만, 여름에는 쭉 뻗은 모습과 푸른 빛깔로 시원한 모습을 뽐낸다.

외관으로만 시원한 것이 아니다. 물성物性으로도 대나무는 열을 빼앗는 성질을 지니고 있으니, 대나무로 만든 침상은 보기에도 시원하고, 그 위에 맨살을 대고 누우면 더욱 시원하다.

방바닥에 깔아 놓은 부들 자리에 누웠다가, 대나무로 만든 침상 위에 누웠다가, 이렇게 하면서 지낸다면 한여름 무더위는 딴 나라 남의 얘기일 뿐이다. 여기에 아무것도 붙인 것이 없는 창문과 듬성듬성 성기게 얽어 있는 발을 통해 바람까지 살랑살랑 불어온다면 그 시원함이야 능히 미루어 짐작할 수 있다.

이것으로 끝이 아니다. 여름 무더위를 물리치는 퍼포먼스의 대미를 장식하는 것이 아직 남아 있으니, 부채가 바로 그것이다. 둥그런 부채를 손으로 부치면 차가운 바람이 일고, 그 부채 바람에 쫓겨 찌는 더위는 끝내 방 밖으로 나와야 하는 신세가 되고 만다.

시사점 한여름의 무더위는 누구에게나 반갑지 않다. 때로는 무섭기까지 하다. 그러나 이러한 무더위에도 임자는 있게 마련이다. 시각, 청각, 촉각 등 감각을 통해 시원함을 느끼는 것이 한 방법이고, 바람을 잘 통하게 하여 더위를 쫓는 것도 한 방법이다. 여기에 둥그런 부채가 가세하면 더위 걱정은 끝이 아닐까?

일상의 소중함

배경　사람에게 가장 소중한 것은 무엇일까? 살다 보면 누구나 마주치는 진부한 화두話頭가 아닐 수 없지만, 이 물음에 정답은 없다. 사람마다 다르고 같은 사람이라도 나이에 따라 형편에 따라 답이 달라진다. 그러나 소중한 것은 결코 멀리서 찾아지지 않는다는 사실만큼은 분명하다. 자신의 지근거리에 숨어 있는 것을 모르고 무작정 먼 곳에서 찾아 헤맨다.

　소중한 것은 높은 출세도, 벼락부자도 아니다. 때론 구질구질하고 따분하지만, 언제나 나와 함께 존재하는 일상들이야말로 가장 소중하다는 사실을 깨닫는 것이야말로 행복한 인생의 관건이다. 당唐의 시인 두보杜甫도 예외는 아니었다. 그는 평생을 벼슬을 찾아 떠돌다 지천명知天命의 나이에 잠시 쓰촨四川성 청두成都에 초당을 짓고 잠시나마 안식을 취할 수 있었다. 이때 그는 일상의 소중함에 대해 절실히 깨달은 듯하다.

강마을 江村

淸江一曲抱村流 청 강 일 곡 포 촌 류	맑은 강물 한 굽이 마을을 품고 흐르는데
長夏江村事事幽 장 하 강 촌 사 사 유	긴 여름, 강 마을엔 모든 일이 멈춘 듯하네
自去自來堂上燕 자 거 자 래 당 상 연	제멋대로 갔다 제멋대로 오는 초당 위의 제비
相親相近水中鷗 상 친 상 근 수 중 구	서로 허물없고 서로 가까이하는 물속의 갈매기
老妻畵紙爲碁局 노 처 화 지 위 기 국	늙은 아내는 종이에 바둑판을 그리고
稚子敲針作釣鉤 치 자 고 침 작 조 구	어린아이는 바늘 두들겨 낚싯바늘 만드네
多病所須唯藥物 다 병 소 수 유 약 물	병 많은 사람인지라 필요한 건 오직 약초뿐
微軀此外更何求 미 구 차 외 갱 하 구	하찮은 이 몸 이것 외에 무엇을 더 찾을까?

스토리 시의 언사言辭는 결국 시인의 심사心事일 수밖에 없다. 비가 많이 오는 여름철 강물이 맑을 리 없지만 마음이 홀가분한 시인의 눈에는 흙탕물조차도 맑게 보인다. 그리고 마음이 푸근한 시인에게는 사납게 흐르는 강물도 마치 어머니 품처럼 따스하게 느껴진다. 오죽하면 강물이 마을을 품는다[抱村]고 했을까?

해가 긴 여름[長夏]은 음력 유월을 말하는 것으로 흔히 삼복이라 불리는 무더운 때이다. 짜증나고 지치기 쉬운 삼복더위도 시인에게는 문제가 되지 않는다. 오히려 더위에 멈춘 일손에서 평화로움을 느낀다.

보잘것없는 초당이지만 시인에게는 자유롭기 그지없는 절대 공간이다. 제
비의 자유로운 왕래가 시인의 심사를 대변한다. 마을을 품고 흐르는 강물 또한
정겨움의 공간이다. 한데 어우러진 갈매기의 모습은 정겹고 진정한 행복이 무
엇인가를 느끼게 한다.

마당 풍경은 어떠한가? 종이에 바둑판을 그리는 늙은 아내, 바늘을 두들겨
낚싯바늘을 만드는 어린 자식을 바라보는 시인의 마음은 세상에 더 바랄 게 없
다. 그저 바라는 것은 병든 몸이니 약이 될 만한 물건 정도이다. 돈도 명예도 더
이상 바랄 게 못됨을 시인은 몸으로 깨달은 것이다.

시사점 이 시를 관통하는 것은 일상의 소중함에 대한 자각이다. 마을을
안고 흐르는 강물, 제비가 내왕하는 찌그러진 초가집, 갈매기가 노니는 물가
어느 것 하나 귀할 게 없지만, 시인에게 이들보다 더 소중한 것은 없다. 값이 나
가고 진귀한 것이 소중한 게 아니라, 일상으로 만나는 것들이 소중하다는 평범
한 진리를 시인은 수십 년 세월을 돌고 돌아서 이제야 깨달은 것이다. 이전 같
으면 구차하게 생각되었던 누추한 아내와 자식도 세상 누구보다도 소중한 존
재로 바뀌었다. 일상의 소중함을 깨달은 순간, 주변이 온통 보물단지였음을 깨
달은 시인은 세상에서 가장 행복하다.

초여름의 하루

배경 계절은 계절마다 나름의 모습이 있다. 초여름도 예외는 아니다. 녹음방초승화시綠陰芳草勝花時라는 초여름을 일컫는 말에서 알 수 있듯이 초여름은 뭐니뭐니해도 우거진 나무 그늘과 향기로운 풀이 그 풍광의 중심이 아닐 수 없다. 초여름을 지내야 하는 사람들은 당연히 초여름의 풍광을 벗 삼아야만 마음의 평온을 얻을 수 있을 것이다.

동진東晉의 시인 도연명陶淵明은 자신의 초여름 나기를 담담한 어조로 읊고 있다.

산해경을 읽으며 讀山海經

孟夏草木長
맹 하 초 목 장
초여름이라 초목은 자라나

繞屋樹扶疎
요 옥 수 부 소
집을 빙 둘러 나무가 무성하다

衆鳥欣有託
중 조 흔 유 탁
새들은 의지할 곳 있음을 기뻐하고

吾亦愛吾廬
오 역 애 오 려
나도 내 초막집을 좋아하노라

旣耕亦已種
기 경 역 이 종
이미 밭 다 갈고 씨도 뿌리고

時還讀我書
시 환 독 아 서
때로 돌아와 나의 책을 읽는다

窮巷隔深轍
궁 항 격 심 철
외진 마을이라 깊은 수레바퀴 자국과 거리가 멀어

頗廻故人車
파 회 고 인 거
번번이 친구의 수레를 돌려보낸다

歡然酌春酒
환 연 작 춘 주
기쁜 마음으로 봄 술 따르고

摘我園中蔬
적 아 원 중 소
내 텃밭 안의 채소를 따노라

微雨從東來
미 우 종 동 래
보슬비는 동쪽에서 날아오는데

好風與之俱
호 풍 여 지 구
좋은 바람도 함께 실려 온다

汎覽周王傳
범 람 주 왕 전
주나라 임금의 이야기 죽 읽어 보며

流觀山海圖
유 관 산 해 도
산해경의 그림을 쭉 훑어본다

俯仰終宇宙
부 앙 종 우 주
내려 보고 또 올려 보고 우주를 모두 다 보니

不樂復何如
불 락 복 하 여
즐거워하지 않고 또 어떻게 하겠는가

초여름은 초목이 무럭무럭 자라난다. 집을 빙 둘러 자라난 나무는 잎이 무성해졌다. 전형적인 초여름 풍광이다. 시인이 초여름을 좋아하는 것은 그 풍광 때문만은 아니다. 뭇 새들이 무성한 나무에 마련한 둥지를 기뻐하는 모습을 보고, 시인도 자신의 초막집에 대한 애정이 솟아나서 시인은 초여름이 좋다.

밭 갈고 씨 뿌리는 바쁜 농사일도 대충 지나가서, 가끔 들에서 돌아와 평소 읽고 싶던 책을 읽을 수 있어서 시인은 초여름이 좋다. 시인은 수레 타고 와서 번다한 세상일에 대해 이야기할 친지들이 찾아오지 못하도록 수레바퀴가 이를 수 없는 외진 곳에 살고 있다.

대신 봄 술을 빚고 몸소 재배한 채소를 따서 이웃과 즐긴다. 이것도 초여름이 주는 기쁨이다. 가는 비가 내리고 알맞은 바람이 불어오고 하는 계절도 초여름이다. 여기에 세속의 일과 무관한 산해경山海經 같은 책을 읽으며 무궁무진한 우주의 이치를 살필 수 있으니 초여름이 어찌 즐겁지 않겠는가? 시인이 초여름을 좋아하는 이유 속에 삶에 대한 관조가 듬뿍 배 있다.

인생을 즐겁게 사는 사람들의 특징은 주변의 소소한 것들로부터 즐거움을 찾아내는 능력이 있다는 것이다. 그리고 세상의 번다한 일로부터 자신을 차단한다는 것이다. 초여름이 꼭 좋은 것만 있는 게 아니다. 문제는 좋은 것을 볼 줄 알고 그것을 즐기는 것이다.

망여산폭포

한여름의 무더위와 인간사의 번다함을 한방에 날려버리는 것으로는 산속의 폭포만 한 것이 없을 것이다. 나이아가라, 빅토리아, 이과수 같은 거대한 폭포가 아닐지라도 산속 깊고 높은 곳에 몸을 숨기고 있다가, 힘들여 오른 나그네에게 그 수줍은 자태를 보여 주는 폭포로는 중국 장시성[江西省] 주장[九江]시 외곽에 있는 여산[廬山]의 삼첩천[三疊泉]을 첫손가락에 꼽을 수 있다. 이 폭포만큼 인구에 회자되는 이름을 지닌 폭포는 찾기 어려운데, 이는 당[唐]의 시인 이백[李白]의 붓 덕분라고 해도 과언이 아니다.

여산 폭포를 바라보며 望廬山瀑布

日照香爐生紫煙
일 조 향 로 생 자 연
향로봉에 해 비치니, 자색 안개 피어올라

遙看瀑布掛前川
요 간 폭 포 괘 전 천
아득히 폭포 바라보니, 앞 내가 걸려 있구나

飛流直下三千尺
비 류 직 하 삼 천 척
공중을 흐르다가 직각으로 삼천 척을 내려 떨어지니

疑是銀河落九天
의 시 은 하 락 구 천
은하수가 하늘에서 떨어진 게로구나

스토리 여산의 진면목을 알지 못한다고 일갈한 소동파의 말은 결코 허언이 아니다. 주위를 장강長江과 파양호라는 큰물이 둘러싸고 있어서, 안개가 끼는 날이 많기 때문에 여산의 본모습을 보기는 여간 어려운 게 아니다.

시인이 여산에 들었을 때도 예외 없이 안개가 자욱했을 것이다. 그러다가 갑자기 안개가 걷히고 해가 나타나면 그때서야 비로소 산봉우리가 모습을 나타내게 되는데, 이 순간을 시인의 눈은 놓치지 않았다.

향로香爐는 산봉우리 이름이지만, 글자의 의미상 향을 피우는 화로火爐를 쉽게 연상시킨다. 재기 넘치는 시인은 이를 놓치지 않고 능란하게 중의법을 구사한다. 자연紫烟도 마찬가지이다. 산봉우리를 둘러싼 안개만을 묘사하기 위해 자줏빛이라는 말을 썼다면, 이는 다분히 비현실적일 뿐이다. 그러나 자줏빛이 하늘나라나 신선 세계를 나타내는 데 주로 쓰이는 걸 감안하면, 이 장면에서 시인이 자줏빛이라는 말을 선택한 뜻을 알아챌 수 있을 것이다.

시인은 높고 신비로운 모습이 인간 세상과는 다르다는 것을 말하고자 한 것이다. 연煙은 안개와 연기 중 하나를 뜻하는데, 시인은 이 두 가지 의미를 한꺼번에 취하고 있으니, 과연 언어의 연금술사로 손색이 없다. 신비한 빛을 발하는 안개이면서 동시에 하늘나라나 신선 세계에서 누군가 피우는 향香의 연기煙氣인 것이 바로 자연이다. 시인이 폭포를 바라보고 있는 지점은 폭포로부터 멀리 떨어져 있는 곳이다. 멀리서도 선명히 보일 만큼 웅장함을 말하면서, 시인은 특유의 능청스러운 허풍을 구사한다.

앞 내[前川]가 구체적으로 무엇을 말하는지 알 수는 없지만, 시인의 눈앞에 펼쳐진 것으로 인식되는 그 어떤 긴 냇물임에는 틀림이 없다. 바로 그 냇물을 누군가가 뚝 잘라다가 하늘에 걸어 놓았다[掛]는 것이다. 과연 능청과 허풍의 달인이다. 내친 김에 시인은 자신의 허풍을 마치 진짜인 양 구체적으로 묘사하는 능청을 떤다. 공중을 평평히 흐르다가 느닷없이 직각으로 아래로 떨어지는 게 삼천 척이라고 한 것이나, 그것이 하늘나라의 은하수와 모습이 방불하다고 한 것이 그것이다.

시사점 한여름의 무더위와 짜증을 피하기 위해서는 산속의 폭포를 찾는 것도 한 방법이다. 실제로도 정서적으로도 이보다 시원한 여름 풍광을 찾기는 쉽지 않다. 여기에 자신만의 상상의 나래를 펴고 번다한 인간 세상을 잠시나마 잊을 수 있다면, 금상첨화일 것이다.

매미의 울음

배경 계절이 여름에서 가을로 넘어가는 것을 제일 아쉬워하는 것이 있다면, 이는 아마도 매미가 될 것이다. 여름이 한창을 지나 막바지로 향할 무렵이면 어김없이 나타나 사방천지에서 끝 모를 울음을 온몸으로 토해내는 것이 매미이기 때문이다. 그러나 매미의 이러한 안타까운 울음에도 불구하고 여름은 속절없이 가버리고 마는 것이니, 매미가 헛수고한 것이 아니고 무엇인가?

당唐의 시인 이상은李商隱이 본 매미도 이와 별다르지 않았다.

매미 蟬

本以高難飽 본 이 고 난 포	본성이 고결하여 배부르기 어려운데도
徒勞恨費聲 도 노 한 비 성	헛되이 수고하여 한스럽게 소리만 허비했네
五更疏欲斷 오 경 소 욕 단	오경에는 드문 소리 끊어질 듯 이어지지만
一樹碧無情 일 수 벽 무 정	나무는 무정하여 푸르기만 하네
薄宦梗猶泛 박 환 경 유 범	낮은 벼슬아치는 운이 막혀 도리어 떠돌고
故園蕪已平 고 원 무 이 평	고향의 들판은 황폐하여 이미 무너졌네
煩君最相警 번 군 최 상 경	그대가 가장 놀랄까 걱정이지만
我亦擧家淸 아 역 거 가 청	나 또한 온 집안이 청빈하다네

스토리 시인은 매미의 본성을 고결한 선비의 품성으로 보고 있다. 고결함의 소유자는 결코 부와 안락을 추구하지 않는다. 그래서 배불리 먹는 것은 일종의 금기이고, 그래도 결코 일하는 것을 게을리하지 말아야 하는데, 매미가 영락없이 그렇다고 본 것이다.

매미의 일은 여름이 가지 말도록 쉼 없이 울어대는 것일 텐데, 매미의 이러한 노력에도 불구하고 여름은 속절없이 떠나가고 마니, 매미는 결국 헛수고를 하고, 아까운 소리만 낭비한 셈이니, 안타깝기 그지없다.

낮 동안은 물론이고 밤이 되어서도 울음의 일을 그치지 않았는데, 새벽이 가까운 오경五更이 되니, 이제는 힘이 부친 듯 소리가 듬성듬성 들리는 것이 곧 끊어질지도 모른다. 그래도 매미가 매달려 있는 나무는 아는 체도 하지 않으니 무정하기 이를 데 없다.

매미의 애절한 호소에도 불구하고 나무는 묵묵히 계절의 변화에 순응할 뿐이다. 무던 애를 쓰면서도 얻은 게 아무것도 없는 매미의 모습에서 시인은 기박한 운명의 자신을 발견한다. 관운官運이 따르지 않는 벼슬아치로 이곳저곳을 떠돌다가 고향에 돌아왔건만, 고향 땅 또한 황폐해질 대로 황폐해져 버린 뒤였다.

지극정성으로 쉴 새 없이 울었음에도 불구하고 여름을 떠나보낸 헛수고를 한 매미는, 평생을 우직하고 충직하게 관직 생활을 했음에도 불구하고 뜻대로 이룬 일이 하나도 없고, 이미 황폐해질 대로 황폐해져 고향에 돌아가기도 마땅하지 않은 시인 자신의 모습이다. 그러나 시인은 실망하지 않는다. 온 가족이 청빈하지만, 고결함만은 결코 잃지 않았다는 자부심 때문이다.

시사점 여름의 끝자락을 장식하는 것은 매미 소리이다. 여름이 가는 것을 아쉬워하기라도 하듯이 온종일 쉬지 않고 울어대지만, 여름은 아랑곳하지 않고 떠나갈 뿐이다. 사람들은 이러한 매미를 시끄럽게 여기기도 하지만, 한편으로 여름이 가고 가을이 옴을 알리는 전령의 다급한 외침으로 받아들이기도 한다. 간절한 울음에도 불구하고 여름이 갔다 해서 매미가 결코 헛수고를 한 것이 아니다. 마치 사람들이 열심히 살았음에도 부귀해지지 않았다 해서 잘못 산 것이 아닌 것처럼 말이다.

한시 속 인생을 묻다

가을

새 가을

배경 세상의 모든 현상은 생성과 소멸의 때가 있고, 그 가운데 절정의 시기도 포함되어 있다. 절정에 이르면 돌아간다[極則返]는 원리가 예외 없이 적용되는 것이 세상만사이다. 여름도 마찬가지이다. 무더위가 절정에 이를 때 사람들은 여름이 끝나지 않을 것 같은 공포를 느끼기도 하지만, 한편으로는 이제 곧 여름도 갈 것을 이 국면에서 알아채기도 한다.

좀처럼 갈 것 같지 않던 여름이지만, 어느 날 문득 여름이 가고 가을이 오는 조짐이 여기저기서 나타난다.

당唐의 시인 두보杜甫는 대시인답게 가을의 조짐을 누구보다도 예리하게 포착한다.

새 가을   新秋

火雲猶未斂奇峰
화 운 유 미 렴 기 봉
불꽃같은 구름은 지금도 기봉에 남았는데

攲枕初驚一葉風
의 침 초 경 일 엽 풍
침상에 기대 있다 잎 지는 소리에 놀라네

幾處園林蕭瑟裡
기 처 원 림 소 슬 리
숲에서는 소슬한 잎새 소리 들려오는데

誰家砧杵寂寥中
수 가 침 저 적 요 중
누구는 가을 옷 꺼내 다듬이질 하나 보네

蟬聲斷續悲殘月
선 성 단 속 비 잔 월
매미 소리 남은 달빛 아래 구슬프고

螢焰高低照暮空
형 염 고 저 조 모 공
반딧불이 저녁 하늘을 날고 있네

賦就金門期再獻
부 취 금 문 기 재 헌
부를 지어 미앙궁에 다시 바치고자 하다가

夜深搔首嘆飛蓬
야 심 소 수 탄 비 봉
깊은 밤 머리 긁으며 떠도는 신세 탄하네

스토리   여름이 지나고 나야 가을이 오는 것이 아니다. 여전히 무덥고 매미 소리가 요란한 가운데 가을의 현상이 간간히 끼어 나타나는 것이다. 시인의 뇌리에 강하게 각인된 여름은 하늘을 떠도는 구름마저 불꽃처럼 보이게 만든다.

보기만 해도 더위가 전해오는 불꽃 구름이 우뚝 솟은 봉우리들 위에서 여름을 호령하고 있는 가운데, 그 눈을 피해 슬며시 들어온 잠입자가 있었으니, 창가에서 문득 들린 낙엽 지는 소리가 그것이다. 침상이 있는 방 바로 옆에 있는 나무이지만, 여름 내내 잎새가 지는 것을 느껴본 적이 없었다. 그런데 전혀 예기치 못하게 잎 지는 소리가 들렸고, 이에 시인은 깜짝 놀랐던 것이다.

나무에서 잎이 떨어지는 것은 전혀 놀랄 일이 아니지만, 그것이 전해 주는 메시지가 놀라웠던 것이다.

침상 옆 나무의 잎이 지는 소리를 듣고 가을이 옴을 직감한 시인의 감각은 급격히 가을 코드로 옮겨 갔다. 숲의 나뭇잎 스치는 소리, 이웃집 다듬이질하는 소리, 처량한 매미 소리, 밤하늘을 나는 반딧불의 모습 등은 모두 가을이 오는 조짐들이다.

시사점 여름이 한창일 때 가을은 온다. 그런데 가을은 동반자가 있으니, 바로 쓸쓸함이다. 타지를 떠돌며 곤궁하게 사는 처지에 있는 사람이라면 쓸쓸한 가을의 모습이 자신의 처경과 겹쳐지면서 쓸쓸함은 배가되기 마련이다.

가을 달

배경 여름이 태양의 계절이라면, 가을은 달의 계절이다. 사시사철 빠짐없이 뜨고 지는 달이지만, 유독 가을 달이 사람들 입에 자주 오르내리는 것은 무슨 연유일까? 그것은 아마도 가을이 상념과 그리움의 철이기 때문일 것이다. 고향과 가족이 그리워질 때, 사람들은 달을 바라보며 그리움의 정을 달래곤 한다. 평생을 고향을 떠나 타지를 떠돌던, 당唐의 시인 두보杜甫에게도 달은 가을이면 도지는 향수병을 달래주는 벗이었다.

달 月

四更山吐月 (사경산토월)	밤이 깊어서야 산은 달을 토해내고
殘夜水明樓 (잔야수명누)	새벽 강물에 누각이 비치네
塵匣元開鏡 (진갑원개경)	먼지 묻은 화장 갑을 방금 열고 나온 듯
風簾自上鉤 (풍렴자상구)	창문 주렴의 고리처럼 떠 있는 조각달
兎應疑鶴髮 (토응의학발)	토끼는 제 머리 학처럼 희다 걱정하고
蟾亦戀貂衣 (담역연소의)	두꺼비 담비 털의 따스함을 그리워하네.
斟酌姮娥寡 (사작항아과)	불로장생약 훔친 항아 고독할 것 같은데
天寒奈九秋 (천한나구추)	찬 기운이 쓸쓸한 이 가을 어찌 보낼는지?

스토리 시인은 달을 기다려 잠을 자지 않은 것은 아니다. 그리움이 병처럼 도지는 가을이 되었기 때문에 잠 못 들고 있었던 것이다. 방 안에서 가만히 있기에는 시인의 외로움이 너무나 컸다. 그래서 시인은 가을밤을 걷기로 마음먹는다. 그것도 한밤을 지나 새벽이 다 된 시각四更에 말이다.

밖으로 나온 시인에게 보인 것은 산이 방금 토해낸 달이었다. 그 달빛으로 인해 강물 속으로 누대가 비치고 있다. 그야말로 한 폭의 그림이 아닐 수 없다. 그 달은 시인의 눈에는, 쓰지 않고 오래 묵혀 두어 먼지가 뽀얗게 앉은 화장 갑을 열고 나온 거울로 보이기도 하고, 바람에 흔들리는 주렴에 달린 둥근 고리로 보이기도 하였다. 화장 갑 속에서 잠을 자고 있던 거울은 임의 부재를 암시

하는 것이다, 바람에 흔들리는 주렴의 고리는 기다림을 상징하는 비유물이다.

　시인은 현미경으로 들여다보기라도 하는 듯이 달 속을 응시한다. 흰머리를 걱정하는 토끼, 따스함이 그리운 두꺼비가 그 속에 보이는데, 이들은 모두 늙어 흰머리가 된, 그리고 고향과 가족의 따스한 정이 그리운, 시인 자신의 모습이다. 마지막으로 보인 것은 불로장생약을 훔쳐 달로 달아난 항아姮娥의 고독한 모습인데, 이 또한 시인 자신의 투영이다.

시사점 가을은 달의 계절이다. 달은 그리움이고 외로움이고 기다림이다. 쓸쓸한 가을을 한탄만 할 일이 아니다. 가을밤 잠 못 이루어 힘들 때, 이부자리를 털고 길을 나서면 그 한탄은 절로 들어가고 만다. 하늘의 달이 그 따스한 눈으로 위로할 것이기 때문이다.

감성메모

국화와 이슬과 술

배경 가을은 조락凋落의 계절이라지만, 가만히 들여다보면 가을에도 봄 못지않게 많은 꽃이 피어나는 것을 알 수 있다. 봄꽃에 비해 화려하진 않지만, 답박하고 우아한 기품을 지닌 것이 가을꽃인데, 그중에서도 대표적인 것이 국화이다.

국화는 생명력이 강해서 산이나 들을 가리지 않고 가을이면, 하얗고 노랗게 꽃을 피워내곤 한다. 예부터 국화는 속세를 떠나 사는 은자隱者들의 꽃으로 알려져 왔는데, 이는 동진東晉의 시인 도연명陶淵明이 국화를 애호한 데서 연유했다고 해도 과언이 아닐 것이다.

술 마시며　飮酒 其七

秋菊有佳色 추 국 유 가 색	가을 국화는 빛깔도 좋아
浥露掇其英 읍 로 철 기 영	이슬에 젖은 꽃잎 따다가
汎此忘憂物 범 차 망 우 물	시름을 잊게 하는 술에 띄워
遠我遺世情 원 아 유 세 정	세상에 남은 미련 멀리 날려 보낸다
一觴雖獨進 일 상 수 독 진	비록 홀로 술잔 기울이지만
杯盡壺自傾 배 진 호 자 경	잔 비면 술 단지 저절로 기울고
日入群動息 일 입 군 동 식	해지고 만물이 조용해지니
歸鳥趨林鳴 귀 조 추 림 명	돌아오는 새는 울며 숲으로 날아 들고
嘯傲東軒下 소 오 동 헌 하	동쪽 창 아래 서서 후련하게 휘파람 부니
聊復得此生 요 부 득 차 생	잠시라도 또 이러한 삶을 얻겠는가?

스토리　가을을 대표하면서 아름답게 하는 것 둘을 꼽으라면, 국화와 이슬일 것이다. 이슬에 촉촉이 젖은 국화 꽃잎은 가을이 사람들에게 선사하는 가장 아름다운 선물이라고 해도 과언이 아니다. 이 귀하고 아름다운 보배를, 세상 온갖 시름을 잊게 해 준다는 명약名藥인 술에 띄워 마신다면, 그 기쁨은 말로 다 할 수 없을 것이다.

　가을의 아름다움과 술의 마력에 흠뻑 빠진 시인에게 세상 근심은 감히 얼씬 거리지 못하고 멀리 달아나고야 만다. 시인이 하는 일은 단 하나, 술잔이 비면 다시 따르는 일뿐인데, 그조차도 술 단지가 저절로 기울어진다고 하니, 무위자연無爲自然의 경지가 따로 있을 수 없다.

무위자연의 상태가 된 시인에게 보이는 세상 또한 무위자연이었으니, 해가 지니 만물의 움직임이 멈추고, 새가 울면서 숲으로 돌아가는 것이 그것이다.

시사점 가을이 되면 사람들은 쓸쓸함과 외로움에 빠지기 쉽다. 이럴 때 가을이 주는 선물들을 찾아 나선다면, 그것들을 극복할 수 있을 것이다. 이슬에 젖은 국화 꽃잎을 술잔에 띄워 술 한잔 마시는 것만으로도 가을은 환희가 될 것이다.

담장 밑 국화

배경　꽃은 물론이고 잎마저 시들어 떨어지는 늦가을에 도리어 꽃을 피우는 것이 국화이다. 그래서 강인함과 지조의 상징으로 받아들여지는가 하면, 산속 깊은 곳에서도 묵묵히 피어나기 때문에 은일隱逸의 기품을 뜻하기도 한다. 동진東晉의 시인 도연명陶淵明은 국화를 특히 사랑하여 국화를 읊은 시들을 많이 남겼는데, 그중에서도 백미白眉는 단연 음주飮酒 20수 중 다섯 번째 작품이다.

飮酒5

結廬在人境 결 려 재 인 경	마을 안에 초가집 지었는데
而無車馬喧 이 무 거 마 훤	시끄러운 수레 소리 들려오지 않네
問君何能爾 문 군 하 능 이	그대에게 묻노니 어찌 능히 그러한가?
心遠地自偏 심 원 지 자 편	마음이 멀어지니 땅은 저절로 외지게 되네
採菊東籬下 채 국 동 리 하	동쪽 울타리 밑 국화 송이 꺾다가
悠然見南山 유 연 견 남 산	허리 들어 멀리 남산을 바라보네
山氣日夕佳 산 기 일 석 가	산의 기운 날 저무니 아름답고
飛鳥相與還 비 조 상 여 환	날던 새는 서로 더불어 돌아가네
此中有眞意 차 중 유 진 의	이 가운데 참뜻이 있건마는
欲辯已忘言 욕 변 이 망 언	말로 나타내려 하지만 할 말 이미 잊었노라

스토리 보통 은거隱居라고 하면 사람들 왕래가 없는 깊은 산 속 같은 곳을 떠올리기 쉽다. 그러나 시인의 생각은 달랐다. 마음이 속세로부터 멀어지면 기거하는 곳은 비록 사람 사는 마을이라 할지라도 심산유곡이나 마찬가지라는 것이다. 역시 몸보다는 마음이 먼저이다.

관직 생활을 할 때 뻔질나게 찾아오던 사람들 발길이 뚝 끊긴 건 결코 수레가 다닐 길이 없어서가 아니다. 시인이 세속의 이해에 관심을 끊자 만날 이유가 사라진 것이다. 이런저런 이해관계로 얽힌 사람들을 대하는 대신에 시인은 국화를 만나고 산을 만나고 새를 만난다.

한결같이 무욕이고 자연이다. 거스르지 않는 순응이다. 동쪽 울타리 밑에 저절로 난 국화꽃을 따다 허리를 펴 멀리 남산을 바라보는데, 마침 석양이다.

산의 기운은 아름답기 그지없고, 하루 나들이를 마치고 짝 지어 돌아가는 새들의 모습은 순진무구 그 자체이다. 도저히 형언할 수 없는 경지, 삶의 참된 모습은 바로 이것이다.

시사점 봄에 내가 심지 않았어도, 가을이면 나를 찾아오는 것이 국화이다. 소박한 동쪽 울타리 밑에서 피어난 국화꽃만으로도 우리네 삶은 풍족해지고도 남는다. 무엇을 더 바라는가?

감성메모

국화 지고 나면

가을의 시작을 알리는 것도, 가을의 끝을 알리는 것도 국화이다. 넓고 넓은 세상 천지에 사시사철 꽃은 피고 지지만, 사람들 눈에 많이 띄는 꽃들만 놓고 보면 국화가 한 해의 마지막 꽃이라고 할 수 있다.

생명력이 남다른 꽃이기는 하지만, 국화도 때가 되면 지게 마련이다. 자연의 섭리에 따른 것이니, 받아들일 수밖에 없겠지만 그래도 서운한 마음이 드는 것은 어쩔 수 없다. 국화가 지고 나면, 새봄이 올 때까지는 꽃구경을 하기 어렵기 때문이다.

당唐의 시인 원진元稹은 국화가 지고 난 뒤의 허전함을 시로 읊었다.

국화　菊花

秋叢繞舍似陶家
추 총 요 사 사 도 가
　　도연명 집같이 가을 국화 송이 둘러선 집

遍繞籬邊日漸斜
편 요 리 변 일 점 사
　　해는 담장 옆 빼곡한 국화 위에 기우네

不是花中偏愛菊
불 시 화 중 편 애 국
　　이 꽃만 편애하는 것은 아니지만

此花開盡更無花
차 화 개 진 갱 무 화
　　이 꽃이 지고 나면 또 무슨 꽃이 있으리

스토리　국화는 흔히 은자隱者의 꽃으로 알려져 있는데, 이는 동진東晉의 시인 도연명陶淵明에게서 연유한 것이다. 도연명은 세상을 등지고 산 인물은 아니지만 시골에서 손수 농사를 지으며 유유자적한 삶을 누리고 간, 특이한 유형의 은자이다.

그는 유명한 귀거래사歸去來辭와 음주飮酒 시에서 국화를 여러 차례 언급한 바 있는데, 그래서 국화의 시인으로 불리는 것이다. 시인은 마치 도연명을 흉내내기라도 하듯 집 주변을 빙 둘러 국화를 심어 놓았다. 마침 때는 늦가을인지라, 담장을 두루 에워싸고 국화꽃이 피었는데, 그 너머로 저녁 해가 비스듬히 걸치고 있었다. 실로 그림 같은 정경이 아닐 수 없는데, 이는 도연명이 그의 시 음주飮酒5에서 "동쪽 울타리에서 국화꽃 꺾어 멀리 남산을 바라보는데, 저녁 되어 산 기운 더욱 곱구나採菊東籬下 悠然見南山 山氣日夕佳"라고 읊은 장면을 연상시키기에 충분하다. 그러나 시인은 국화만을 편애하는 것은 아니라고 말한다.

꽃이라면 다 좋지만, 유독 국화에 연연하는 데는 그럴 만한 이유가 있다는 것이다.

국화꽃이 지고 나면 꽃이 다시없을 것이기 때문이라는 것이 시인의 변명이다. 마치 좋아하는 사람을 직접적으로 대놓고 좋아한다고 못하고 에둘러 말하는 것과 마찬가지리라.

시사점 가을 내내 들판을 장식한 국화도 서서히 자취를 감추어 간다. 한 해의 대미를 장식하는 국화이기에 이별은 더욱 애틋하지만, 집착할 일은 아니다. 들판 국화는 말없이 왔다가 말없이 자리를 떠난다. 그래도 국화가 떠나는 것은 못내 아쉽다. 그래서 사람이다.

감성메모

초가을 정취

배경 이십사절기 중 열네 번째 절기인 처서處暑를 지나면 모기도 입이 비뚤어진다는 말이 있다.

땅에서는 귀뚜라미 등에 업혀 오고, 하늘에서는 뭉게구름 타고 온다는 것도 처서를 두고 하는 말이다. 여름철 극성을 떨던 모기가 차츰 기운이 떨어져 사라지고, 그 대신 귀뚜라미와 뭉게구름이 보이면, 이미 가을 문턱을 넘어선 것이나 마찬가지이다.

아직은 낮은 여름, 밤은 가을인 반쪽 가을에 불과하지만 가을은 가을이다. 이때를 일러 보통 '초가을'이라고 하는데, 초가을은 그 나름의 정취가 있다.

당唐의 시인 맹호연孟浩然은 이러한 초가을의 정취를 만끽하는 호사를 누렸다.

초가을 初秋

不覺初秋夜漸長
불 각 초 추 야 점 장　어느새 초가을 밤은 점점 길어지고

淸風習習重凄凉
청 풍 습 습 중 처 량　맑은 바람 솔솔 부니 쓸쓸함이 더해가네.

炎炎暑退茅齋靜
염 염 서 퇴 모 재 정　불볕더위 물러가고 초가집에 고요함이 감도는데

階下叢莎有露光
계 하 총 사 유 로 광　섬돌 아래 한 떨기 향부자 풀에 이슬이 맺히네.

스토리 여름의 긴긴 해가 어느 날 문득 짧아졌다는 느낌이 들 때가 있다. 하지가 지나고 나면 낮의 길이가 날마다 조금씩 줄어드는 것이겠지만, 사람들이 그것을 알아채지 못할 뿐이다.

언제 지나가랴 싶던 여름이지만, 어느 날 자고 일어나 보니 어제 같지 않게 동이 늦게 트고 또 새벽 공기가 서늘하다는 느낌이 든다. 이미 가을이 온 것이다.

여름이라고 바람이 없을 리는 없지만, 무더위 때문에 잘 느껴지지 않는다. 그러던 바람이 기온이 낮아지면서 몸에 와 닿는 느낌이 저절로 들 때가 있다. 가을이 왔다는 자각과 동시에 찾아오는 것이 쓸쓸한 감정이다. 밤이 차츰 길어지고, 바람기가 부쩍 느껴지고 하면서 자신도 모르게 쓸쓸한 느낌이 든다면, 이 모두는 가을이 왔다는 신호인 것이다.

낮은 물론이고 밤에도 식을 줄 모르던 불볕더위는 슬그머니 물러나 어디론가 사라져 버렸다. 이 불볕더위는 비록 불청객이었지만 여름 내내 떠날 줄 몰랐던, 시인이 머무는 시골집의 유일한 손님이었다. 그 손님이 작별 인사도 없이 스리슬쩍 떠나고 나자 집안은 그야말로 적막강산이 되고 말았다.

그래서였을까? 시인은 부쩍 외로움을 느꼈고, 그래서 새벽녘까지 잠 못 들고 있다가, 끝내는 잠자리를 털고 일어나 문밖으로 나서게 되었다. 이때 시인의 눈에 들어온 것이 있었으니, 바로 가을의 진객인 이슬이 그것이다. 계단 아래에 옹기종기 모여 나 있던 향부자香附子 풀에 이슬이 맺혀 있었던 것이다. 더위라는 여름 손님이 가고 이슬이라는 가을 손님이 온 것이리라.

시사점 입추부터가 가을 절기이긴 하지만, 가을 느낌이 나는 것은 대개 처서가 지나서부터이다. 매미 소리 대신 귀뚜라미 소리가 들리기 시작하고, 맑은 하늘에 뭉게구름이 선명하게 보이기 시작한다. 부쩍 짧아진 밤 시간에 대한 자각, 서늘해진 바람의 감촉, 섬돌 아래 풀 위에 맺힌 이슬, 이러한 것들이 모두 초가을을 구성하는 정취들이다. 여기에 자신도 모르게 찾아드는 쓸쓸함이 더해지면 초가을의 정취는 한껏 물오를 것이다.

감성메모

초가을 비

배경 아침저녁으로 선선한 느낌이 들면 이미 가을의 문턱을 넘어선 것이다. 그러나 낮 동안은 염장군의 기세가 여전해서 사람들은 가을을 실감하지 못한다.

이때 확실하게 가을이 왔음을 큰 소리로 알려 주는 것이 바로 가을비이다. 여름인지 가을인지 구분이 가지 않을 때, 한나절쯤 비가 내리고 나면, 날씨는 선선하다 못해 싸늘하기까지 할 정도가 된다.

이제는 아무리 둔감한 사람이라도 느끼지 않을 수 없을 만큼 가을 기운이 뚜렷하다.

당唐의 시인 백거이白居易도 초가을 밤비 소리를 듣고 가을이 왔음을 절감하였다.

초가을 밤비 新秋夜雨

蟋蟀暮啾啾
실 솔 모 추 추
귀뚜라미 해 기울자 처량하게 울어

光陰不少留
광 음 불 소 류
세월은 잠시도 머물지 않는구나.

松檐半夜雨
송 첨 반 야 우
소나무 처마에 비 내리는 한밤

風幌滿牀秋
풍 황 만 상 추
휘장은 바람에 흔들리고 침상 가득 가을이 앉았네

曙早燈猶在
서 조 등 유 재
이른 새벽에도 등불 여전히 켜 있고

凉初簞未收
양 초 단 미 수
처음 맞은 추위에 아직 발을 치우지도 못했네

新晴好天氣
신 청 호 천 기
날 개고 날씨는 좋은데

誰伴老人遊
수 반 노 인 유
누가 늙은이와 짝이 되어 놀아 줄까

스토리 여름이 가고 가을이 왔지만, 아직 낮에는 실감이 나질 않는다.

저녁이 되어 담장 밑에서 귀뚜라미 소리가 들려와야만 비로소 가을임을 느낄 수 있다.

가을이 왔음을 직감한 순간 시인에게 떠오른 생각은 바로 세월은 무상하다는 것이었다. 처마 밑 귀뚜라미 소리로, 조금의 멈춤도 없이 앞으로만 나아가는 것이 세월임을 새삼 깨달은 시인의 귀에 또 들리는 것이 있었으니, 다름 아닌 빗소리였다. 그것도 한밤에 소나무 처마로 내리는 비였다. 깊은 밤중이어 처마 밑 소나무 가지를 때리는 빗소리가 더욱 또렷하였을 것이다.

그러고 보니 바람도 심상치 않았다.

창문에 드리운 휘장이 바람에 펄럭이고 있었는데, 이 바람이 모시고 온 손님이 있었으니, 바로 가을이 그것이다.

부지불식간에 어느새 침상 가득히 가을이 와서 앉아 있었다. 뜻하지 않은 손님의 내방에 시인은 잠을 이룰 수가 없었다. 그래서 뜬눈으로 밤을 지새느라, 새벽녘까지도 등잔불은 꺼지지 않았다.

새벽이 되어서야 비는 그쳤는데, 비가 그치고 나니 갑자기 한기가 느껴졌다. 처음으로 찾아온 추위였는데, 아직 여름 더위를 피하느라 늘여 놓았던 방문의 발을 거두지도 않은 상태였다.

초가을 비가 몰고 온 뜻하지 않은 추위였던 것이다. 비가 개고 나자 날씨는 부쩍 맑아져 가을 기운이 물씬해졌지만, 시인의 마음에 밀려온 것은 진한 고독감이었다.

귀뚜라미 소리로 가을이 왔음을 느낄 수 있지만, 그것은 그리 분명한 감각은 아니다.

초가을밤을 적시는 비가 내리고 나서야 사람들은 몸으로 가을을 느끼게 된다.

시사점 느닷없이 찾아온 추위에 당혹스럽기도 하고, 부쩍 맑아진 날씨에 도리어 외로움을 타기도 한다. 이런 의미에서 초가을 비는 가을의 빛깔을 뚜렷하게 하는 물감이라고 봐도 좋을 것이다.

가을밤, 외로움

배경 풀잎 위에 이슬이 내리기 시작한다는 백로白露가 지나고 나면 철은 본격적인 가을로 접어든다. 촉촉하고 정갈한 느낌으로 다가오는 이슬은 가을밤의 정취에서 빼놓을 수 없는 귀한 존재이다. 가을밤 하늘에 밝은 달이 있다면 땅에는 촉촉하고 정갈한 이슬이 있다. 달과 이슬의 가을밤이면 사람들은 멀리 떨어져 있는 고향과 가족을 그리워하는 마음이 어느 때보다 절실해지는 경향이 있다. 당唐의 시인 두보杜甫도 예외는 아니었다.

달밤에 아우를 생각하다 月夜憶舍弟

戍鼓斷人行 수 고 단 인 항	수자리 북소리에 인적은 끊어지고
秋邊一雁聲 추 변 일 안 성	변방의 가을에 외기러기 우는 소리
露從今夜白 노 종 금 야 백	이슬은 오늘밤부터 하얗게 내리고
月是故鄕明 월 시 고 향 명	이 달은 고향에서도 휘영청 밝으리
有弟皆分散 유 제 개 분 산	동생들 있으나 다 흩어지고
無家問死生 무 가 문 사 생	생사를 물을 집도 없다네
寄書長不達 기 서 장 부 달	편지를 부쳐도 길이 멀어 닿지 못하거늘
況乃未休兵 황 내 미 휴 병	하물며 전쟁이 끝나지도 않았음에라야

스토리 변방을 지키는 수자리에서 저녁 통금을 알리는 북이 울리자, 간혹 있던 사람들 발길이 아예 끊어지고 말았다. 지금 시인이 있는 곳은 변방 어느 곳이고, 시간은 가을 어느 때이다. 사람들 왕래마저 끊어져 땅은 적막하기 그지없는데, 하늘은 꼭 그렇지가 않다. 기러기 한 마리가 날고 있었던 것이다. 무리에서 홀로 떨어져 하늘을 나는 외기러기는 사람 구경을 할 수 없는 시인에게 일견 반가운 존재일 테지만, 한편으로 꼭 그런 것만은 아니었다. 왜냐하면 그 외기러기는 가족으로부터 홀로 떨어져 타지를 헤매는 시인 자신의 외로움을 그대로 투영하고 있었기 때문이다.

외기러기가 촉발시킨 시인의 외로움에 불을 지른 것은 가을밤의 두 주인공, 이슬과 달이었다. 어쩐지 땅이 축축하여, 절기를 헤아려 보니 세월은 훌쩍 흘러, 오늘이 마침 이슬이 하얗게 내린다는 백로였다. 고향 땅에도 어김없이 이 이슬은 내렸을 것이다. 고개를 들어 하늘을 보니 밝은 달이 떠 있었다. 저 밝은 달은 고향 하늘에도 휘영청 떠 있을 터였다. 이제 시인의 뇌리는 자연스레 고향과 가족 생각으로 가득 차 버렸다. 형제들이 있었지만, 지금은 모두 내왕도 없이 흩어져 버렸다.

한때는 가족들이 오순도순 단란하게 함께 모여 살던 집이 있었지만, 지금은 그것마저 사라져 가족들의 생사조차 물을 곳이 없다. 편지를 부치려 해도 길이 멀어 도착을 장담할 수 없다. 그러나 길이 먼 것은 둘째고, 전쟁이 끝나지 않아서 아예 갈 수조차 없었다. 참으로 처참하고 외로운 처지가 아닐 수 없는데, 이 아픔을 도지게 한 것이 바로 가을 이슬과 달이었던 것이다.

시사점 가을 이슬이 촉촉이 적시는 것은 풀잎만이 아니다. 풀잎처럼 사람들의 마음도 외로움과 그리움으로 적셔진다. 가을 달이 밝히는 것은 하늘만이 아니다. 여기저기 타지에 흩어져 사는 사람들에게 어릴 적 고향 모습을 환하게 떠올리게 한다. 이슬에 젖고 달에 눈부신 가을밤은 이래저래 외롭기 마련인가?

가을밤의 노래

배경 일 년 사계절 중에 밤이 가장 아름다운 시기는 아마도 가을일 것이다. 그러면 가을밤은 다른 철의 밤과 무엇이 다를까? 달이야 계절에 관계없이 언제라도 뜨고 지지만, 유독 가을밤에 그 모습이 돋보이는 이유는 다른 계절에 비해 부쩍 맑은 하늘 때문이리라. 여기에 가을 특유의 이슬이 더해져서 가을밤은 그 아름다움을 형성한다. 물론 여기엔 사람들의 심리적인 측면도 많이 작용할 텐데, 예를 들면 외롭고 쓸쓸한 감정의 상승 같은 것이다.

당唐의 시인 왕유王維의 눈에 보인 가을밤의 모습은 어떠했을까?

가을밤의 노래 秋夜曲

桂魄初生秋露微 계 백 초 생 추 노 미	달은 막 떠오르고 가을 이슬 촉촉한데
輕羅已薄未更衣 경 나 이 박 미 경 의	비단옷 엷어도 아직 갈아입지 않았다
銀箏夜久殷勤弄 은 쟁 야 구 은 근 농	은쟁을 밤 깊도록 사무치게 켜면서
心怯空房不忍歸 심 겁 공 방 부 인 귀	마음속으로 빈방 두려워 차마 돌아가지 못하네

스토리 전설에 따르면 달에는 계수나무가 살고 있다고 한다. 그래서 사람들은 달을 일컬을 때 계수나무를 집어넣어서 부르곤 했는데, 계백桂魄도 그 중 하나이다. 계수나무 그림자를 뜻하는 이 말은 달의 그림자 부분이 또렷하게 보이는 가을 달에 썩 어울린다고 할 수 있다. 이러한 계백이 이제 막 떠올랐다는 것은 가을밤 향연의 시작을 알리는 서막이 오른 것이나 마찬가지이다.

달의 조명과 함께 풀잎에 내려앉은 이슬이 그 청초한 모습을 드러냈다. 아직은 밤이 깊지 않은지라 이슬은 살짝 촉촉한 정도였지만, 가을의 정취를 느끼게 하기에는 부족함이 없었다.

달과 이슬, 가을밤의 정취가 가득한 가운데, 시의 주인공은 누군가를 초조하게 기다리고 있다. 그 기다림에 지난 여름부터 입어 왔던 얇은 비단 여름옷을 철이 바뀌었음에도 아직 갈아입지 않았다. 그만큼 가을은 예고 없이 어느새 와 있었던 것이다.

이 시의 주인공은 여성으로 집을 떠난 남편이 오기만을 차일피일 기다리고 있던 차였다.

오랜만에 있을지도 모르는 남편과의 만남을 위해 입었던 여름 비단옷을 내내 벗지 않은 채, 가을이 오는 줄도 모르고 있었던 아낙의 모습에서 그 기다림의 간절함이 어떠한지가 여실히 엿보인다.

그런데 주인공이 있는 곳은 한밤임에도 방 안이 아니다. 남편을 기다리기 위해 아침나절에 올랐던 누대에 여전히 머무르면서 청아한 모습의 은빛 쟁銀箏을 우아하면서도 조용하게 켜고 있었던 것이다.

가벼운 비단옷을 곱게 차려입은 것이나 은빛 쟁을 우아하게 켜는 것이나 모두 곧 돌아올 것 같은 남편을 의식해서이다. 그리고 밤이 되어 날이 차가워졌음에도 불구하고 방으로 돌아가지 않은 것은 남편 없이 홀로 밤을 지새워야 할 텅 빈 방이 무서웠기 때문이다. 모두가 밝은 달과 촉촉한 이슬로 장식된 가을밤의 정취가 남편을 기다리는 아낙의 마음에 투영된 결과이다.

시사점 누군가를 간절히 기다리는 사람이라면 가을밤은 잠들기 어렵다는 것을 잘 알 것이다. 하늘에 뜬 휘영청 밝은 달과 촉촉하게 풀잎을 적시는 이슬이 외로운 사람들로 하여금 상사의 병을 도지게 하기 때문이다. 이 상사의 병을 도지게 한 가을밤의 밝은 달과 촉촉한 이슬은 동시에 이 병을 치유하는 치료제이기도 하다.

멀리서나마 밝은 달과 촉촉한 이슬을 매개로 두 사람이 하나가 될 수 있기 때문이리라.

가난한 자의 가을

부쩍 차가워진 가을바람은 문틈으로만 들어오는 것이 아닌가 보다. 사람의 마음을 후벼 파고 들어오기도 하니 말이다. 바람은 차고 낙엽은 지고, 가을 풍광은 쓸쓸하기 마련인데 여기에 가난과 외로움이 겹치면 그 쓸쓸함은 배가될 수밖에 없을 것이다. 어찌 보면 쌀쌀한 가을날씨보다 차가운 것은 냉랭한 사람의 심사일 것이다. 당唐의 시인 맹교孟郊는 쓸쓸한 가을 저녁의 서글픔을 톡톡히 맛보았다.

가을 저녁 가난하게 살던 때를 술회하다 秋夕貧居述懷

臥冷無遠夢
와 냉 무 원 몽
차가운 방에 누워 먼 고향 꿈도 못 꾸고

聽秋酸別情
청 추 산 별 정
가을 소리 들으니 이별의 정이 괴로워라

高枝低枝風
고 지 저 지 풍
높고 낮은 가지에 바람이 일어

千葉萬葉聲
천 엽 만 엽 성
온갖 나뭇잎 소리 들려온다

淺井不供飮
천 정 불 공 음
얕은 우물이라 마실 물도 못 푸고

瘦田長廢耕
수 전 장 폐 경
척박한 땅이라 오래도록 경작하지도 않았다

今交非古交
금 교 비 고 교
요즘의 교제는 옛날의 교제와 달라

貧語聞皆輕
빈 어 문 개 경
가난한 사람의 말은 모두가 가벼이 듣는다네

스토리 가을이 되어 날씨가 차가워지면 사람들은 몸도 마음도 저절로 움츠러들기 마련이다. 더구나 가족과 떨어져 외딴 곳에서 홀로 사는 경우는 말할 나위도 없다. 낮은 해가 있어서 아직 더위가 남아 있지만, 밤이 되면 사정은 완전히 달라진다.

난방 시설이 없는 외딴 집의 방은 밤이 되면, 사방으로 냉기가 올라와서 제법 추워진다. 이렇게 추운 방에 가족도 없이 홀로 있다 보면 잠이 제대로 올 리가 없다. 잠을 못 자니 꿈을 꿀 수 없고, 그래서 먼 곳에 있는 고향을 꿈속에서나마 볼 수가 없다.

몸은 춥고 마음은 외롭고, 참으로 가을 날씨만큼이나 쓸쓸한 처지가 아닐 수 없다. 추운 방에서 잠 못 들고 있는 시인의 귀에 문밖에서 나는 가을의 소리들이 들려오고, 이로 말미암아 이별의 비통한 정이 더욱 쓰라리게 되살아난다.

문밖 나뭇가지는 높고 낮고를 가리지 않고 바람에 흔들려 소리를 내고 있고, 낙엽이라는 낙엽에서는 모두 부스럭거리는 소리가 들렸다. 스산하기 그지없는 가을 저녁의 모습이 아닐 수 없다. 시인을 애처롭게 하는 것은 이러한 스산함만이 아니었다. 궁핍한 생활 형편마저 더해져 시인의 처량한 심사는 극에 달하게 된 것이다.

우물은 얕아서 물조차 제대로 길을 수도 없고, 밭이라고 있는 것은 몹시 척박하여 아예 경작을 포기하였으니, 시인의 궁핍이 어느 정도인지 가히 짐작이 가고도 남는다. 가을 저녁의 스산함, 생활의 궁핍함, 여기에 가난한 사람의 말은 가벼이 여기는 야박한 세태까지, 시인의 가을 저녁은 참으로 쓸쓸하기만 하다.

가을이 되면 차가워진 날씨만큼이나 사람들의 마음도 쓸쓸해지기 쉽다. 가족도 없이 궁핍하게 그리고 세상의 외면을 받으며 사는 사람이라면 두말 할 것도 없이 더 쓸쓸하기 마련이다. 그러나 가을에 느끼는 쓸쓸함을 피하려고만 해서는 안 된다. 도리어 쓸쓸함을 즐기려는 자세를 갖는 것이 필요하다.

가을의 스산한 정취는 뒤집어 생각하면 대단히 로맨틱하다. 지는 낙엽에서 자연의 섭리를 깨닫고 나면 마음이 평온해지기도 한다. 봄여름에 잊고 살았던 고향과 가족을 생각하는 시간을 갖는 것도 나쁘지 않다.

시사점 가난한 사람을 외면하는 세태를 한탄만 할 게 아니라 세속적 가치를 벗어나 사는 삶의 기회를 얻은 것은 부자로 사는 것 이상으로 행운이 아니겠는가?

가을 산책

가을은 봄에 비해서 화사함은 떨어지지만 차분함은 확실히 앞서 있다. 맑은 가을날 한적한 시골을 구석구석 돌아다니다 보면 자신도 모르게 가을 정취에 빠져들고, 차츰 마음이 차분해지는 것을 느낄 수 있다.

당唐의 시인 왕유王維의 가을 소풍을 따라가 보면 차분한 가을 정취가 그림처럼 눈에 들어온다.

망천에서 한가하게 살면서 배수재에게 드립니다
輞川閑居贈裴秀才迪

寒山轉蒼翠
한 산 전 창 취

차가운 가을 산이 검푸르게 변하고

秋水日潺湲
추 수 일 잔 원

가을 물은 날마다 졸졸 흐른다

倚杖柴門外
의 장 시 문 외

지팡이 짚고 사립문 밖에 나아가

臨風聽暮蟬
림 풍 청 모 선

바람 쏘이며 저문 매미 소리를 듣는다

渡頭余落日
도 두 여 낙 일

나룻가에 지는 햇살은 남아 있고

墟里上孤煙
허 리 상 고 연

작은 마을에는 외로운 연기만 피어 오른다

復值接輿醉
부 치 접 여 취

다시 접여처럼 술이 취하여

狂歌五柳前
광 가 오 류 전

오류 선생 집 앞에서 미친 듯 노래 부른다

스토리 맑은 가을 늦은 오후 집안을 서성이던 시인의 눈에 맨 먼저 들어온 것은 멀리 보이는 산이었다. 부쩍 차가워진 날씨에 산은 차츰 검푸르게 변하고 있었다. 산색이 하루가 다르게 녹색 빛에서 검푸른 빛으로 바뀌는 것을 보고, 시인은 가을이 왔음을 직감한다. 변한 것은 산의 색만이 아니다. 물의 흐름도 눈에 띄게 달라졌다.

여름 내내 거칠게 콸콸 흐르던 물이 하루하루 다르게 잔잔해진 데서 시인은 다시 한 번 가을을 실감한다.

이에 몸이 근질근질해진 시인은 지팡이 하나를 챙겨들고 사립문을 나섰다.

가을 산책 • 203

가을 산책에 나선 것이다. 문밖을 나선 시인은 지팡이에 몸을 의지한 채 가을바람을 쏘이는데 어디선가 저녁 매미 소리가 들려온다. 가을이 깊어 감을 아쉬워 우는 매미 소리가 구슬픔을 자아내기에 충분하다.

매미 소리의 여운을 귀에 간직한 채, 시인의 시선은 자연스레 나룻가 쪽을 향하였다. 그곳에는 하루를 마감하고 서쪽으로 저무는 해가 걸려 있었다. 나루는 나그네가 떠나가는 이별의 공간이다. 그래서 그곳엔 늘 아쉬움과 미련의 정이 남아 있기 마련인데, 오늘의 나그네는 바로 석양이다.

떠나기가 아쉬운 듯 저녁 해는 노을을 벌겋게 여운으로 남겨 놓았다. 지는 해의 여운을 품은 채 시인의 눈은 이웃 마을로 그 시선을 옮기어 간다. 그곳에는 한 줄기 연기가 피어오르고 있었다. 평화로운 시골 마을의 저녁 모습이기도 하지만 하루의 마감을 알리는 봉홧불 같기도 하다.

가을의 저녁 정취에 흠뻑 빠진 시인은 은거 생활의 즐거움과 낭만을 만끽해 본다. 술에 취해 세상을 등지고 살았던 춘추 시대의 은자 접여接輿와 집 앞에 다섯 그루 버드나무를 심어 놓고 은거하였던 동진의 도연명 흉내를 내면서 말이다.

시사점 가을의 정취는 쓸쓸해 보이기 쉽지만, 욕심 없이 사는 담백한 맛을 느끼게 한다는 점에서 은자의 분위기와 닿아 있다. 가을의 나룻가에 걸려 있는 석양, 소박한 시골 마을 저녁에 피어오르는 한 줄기 연기, 이런 것들이 곧 삶의 정취 아니던가?

가을날 술 한잔

배경 바쁘고 판에 박힌 일상에 묻혀 살다 보면 사람들은 삶의 참된 모습에 대한 의문을 도외시하기 쉽다. 그러다가 문득 자신의 인생을 돌아볼 계제를 맞곤 하는데 아마도 가을날 한적한 정취에 술을 한잔 기울이다 보면 그러할 것이다. 동진의 시인 도연명은 가을 어느 날 술 한잔을 앞에 두고 자연을 관조하며 삶의 참된 모습이 어떠한지를 그려 내고 있다.

술을 마시며 飮酒

結廬在人境 결 려 재 인 경	변두리에 초가집 지어 사니
而無車馬喧 이 무 거 마 훤	날 찾는 수레와 말의 시끄러운 소리 없네
問君何能爾 문 군 하 능 이	묻노니, 어찌 이럴 수 있는가
心遠地自偏 심 원 지 자 편	마음이 욕심에서 멀어지니, 사는 곳도 구석지네
採菊東籬下 채 국 동 리 하	동쪽 울타리 아래 국화꽃을 따며
悠然見南山 유 연 견 남 산	멀리 남산을 바라본다
山氣日夕佳 산 기 일 석 가	산 기운은 저녁 햇빛에 더욱 아름답고
飛鳥相與還 비 조 상 여 환	나는 새들 서로 더불어 둥지로 돌아오네
此間有眞意 차 간 유 진 의	이 사이에 참다운 삶의 뜻이 있으니
欲辨已忘言 욕 변 이 망 언	말로 표현하려 해도 할 말을 잊었네

스토리 시인의 집은 속세를 떠나 깊은 산속에 있지는 않았지만 그래도 보통 마을로부터는 상당히 멀리 떨어진 한쪽 귀퉁이에 있었다. 그리고 집은 허름하기 짝이 없었다. 띠풀을 이리저리 얽어매어 만든 초가집이었다. 외진 데 있는데다 허름하기까지 하니 사람들이 찾아올 리가 없다.

부자와 권세가를 찾는 것이 예나 지금이나 세태가 아니던가? 시인은 돈 없고 힘없는 자신의 처지를 결코 슬퍼하거나 한탄하지 않는다. 한때 팽택의 태수 彭澤令 자리에 있었고, 글줄깨나 읽은 시인에게 아무도 찾아오는 사람이 없다는 것이 쉽게 납득되지 않을 것이다.

그래서 한번은 이웃 사람이 그 이유를 물어보는 일이 있었다. 이에 시인은 마음이 멀어지니까 땅은 저절로 외지게 되더라고 대답하였다. 시인을 찾아와 본들 세속적으로 실익이 될 것이 아무것도 없으니 찾아오는 사람이 없고, 찾아오는 사람이 없으니 집이 속세를 떠나 있는 것과 마찬가지라는 것이다.

사람들과의 교유 대신 시인은 자연과의 교감을 통해서 유유자적한 삶을 구가하고자 하였다. 시인은 동쪽 울타리 아래서 국화꽃을 따 들고 멀리 남산을 바라보았다. 하루해가 저물면서 산 기운이 무척이나 아름다웠고, 날아가는 새들은 짝지어 산속 둥지로 돌아가고 있었다. 시인은 자연의 섭리대로 움직이는 이러한 자연의 모습 속에 참된 뜻이 있다는 것을 깨달았지만 이것을 도저히 말로 표현할 방도는 없었다.

사람마다 참된 삶에 대한 생각은 다 다를 것이다. 보통 부귀영화를 누리는 것을 삶의 목표로 상정하는 경우가 많지만 그것이 참된 삶이라고 말하기는 어렵다. 참된 삶은 도리어 세속적 가치와 무관한 곳에서 찾아지기가 쉽다.

시사점 사람들은 부와 명예, 권력과 같은 세속적 가치에 매몰되어 그것이 삶의 전부인 양 착각하는 경우가 많다. 그러나 그것은 삶의 참된 모습과는 거리가 멀다. 참된 삶의 모습은 도리어 자연 속에 있다. 술 한잔 들고 가을 국화꽃을 감상하고, 저녁이 되자 둥지를 찾아가는 새의 모습을 바라보고 있노라면 삶의 참된 모습이 어렴풋이나마 그려질 것이다.

가을 산속 친구를 찾아서

배경 가을은 그리움의 계절이다. 멀리 있는 가족이 그립고, 고향이 그립고, 친구가 그립다. 대부분 그리움은 그리움으로 그치지만, 간혹 그리운 대상을 찾아 나서는 때도 있다.

문득 생각이 나서 나선 길이라, 상대편에게 알리고 가는 일은 잘 없다. 어떻게 보면 아무 소식이 없다가, 갑자기 찾아온 사람이 더 반가울 수도 있다.

때로는 찾는 사람이 그 자리에 없어 만나지 못하는 때도 있다. 사람은 만나지 못하더라도 그리움의 병은 어느 정도 치유될 수 있다.

당唐의 시인 위응물韋應物도 가을날 그리운 친구를 찾아 무작정 산속으로 떠났다.

전초산속 도사에게   寄全椒山中道士

今朝郡齋冷 금 조 군 재 냉	오늘 아침, 관사는 차가워
忽念山中客 홀 념 산 중 객	문득 산중의 사람이 생각난다
澗底束荊薪 간 저 속 형 신	골짜기 물 아래서 땔나무 묶어
歸來煮白石 귀 래 자 백 석	돌아가 흰 돌을 삶고 있겠지.
欲持一瓢酒 욕 지 일 표 주	술 한 표주박 가지고 가서
遠慰風雨夕 원 위 풍 우 석	멀리서 바람 불고 비 오는 밤을 위로하려 하네
落葉滿空山 락 엽 만 공 산	낙엽은 빈산에 가득한데
何處尋行迹 하 처 심 행 적	어디에서 발자취를 찾을 것인가

스토리   어느 가을날 아침, 시인은 임지任地의 관사에 머물고 있었다. 이 날따라 날씨가 무척 차가운 느낌이 들었는데, 가만히 생각해 보니 가을의 골짜기에 이미 깊숙이 들어와 있었던 것이다.

세월이 벌써 이렇게 많이 흘렀다는 것을 자각하는 순간, 시인의 뇌리에 산속에서 은거하고 있는 친구가 갑자기 스쳐 지나갔다. 그리움의 감정과 궁금증이 발동하자, 시인은 곧장 아무런 망설임도 없이 그곳을 향해 길을 나섰다.

가면서 시인은 지금 친구가 무엇을 하고 있을지 머릿속에 그려 보았다. 아마도 골짜기 물 아래로 내려가 땔나무를 묶어서는 거소居所로 돌아와 흰 돌을 삶고 있을 것만 같았다.

땔나무를 묶고, 흰 돌을 삶고 하는 행위는 겨울을 목전에 두고 세속을 떠나 사는 은자들이 취하는 것들이고, 이는 무념무상과 무욕의 삶의 자세를 상징한다. 흰 돌을 삶아서 양식으로 삶는 것은 예전 백석白石이라는 선인에게서 유래한 것이다.

시인은 친구를 빨리 보고 싶지만, 사정은 여의치가 못하다. 술 한 병 들고 가서 서로 나누어 마시며 깊은 산속에서 비바람 치는 저녁을 위로하고 싶었지만, 인적이라곤 전혀 없는 텅 빈 산에 낙엽이 가득 쌓여 있으니 도무지 친구의 행적을 찾을 수 없었던 것이다.

시사점 가을날 갑자기 날씨가 차가워지면, 문득 누군가가 그리워진다. 이때 망설임 없이 그리운 사람을 찾아 무작정 나설 수 있다면, 얼마나 좋을까? 현실 속에서 이런 일은 발생하기 어렵다. 이런저런 일로 세상사에 얽매여 있기 때문이다.

그러나 한 발치만 멀리 떨어져서 보면 세상을 꼭 그렇게 얽매여서 살 필요가 없다는 것을 알 수 있다. 가끔은 모든 것을 훌훌 털어버리고, 무작정 그리운 사람을 찾아 떠날 수 있어야, 그 삶은 멋스럽고 풍족해질 수 있을 것이다.

백양사 쌍계루

배경　시재詩才가 아무리 뛰어난 사람일지라도 경이롭게 아름다운 자연의 풍광을 온전히 읊어내기란 여간 어려운 게 아닐 것이다. 입이 딱 벌어지도록 아름다운 장면을 보면 감탄사만 연발할 뿐 그것을 표현할 방법이 잘 떠오르지 않는다. 표현을 하고 싶지만 이미 할 말을 잊었다欲辯已忘言고 한 도연명의 말이 결코 겸사謙辭가 아닌 것이다.

　단풍이 곱게 물든 늦가을엔 어디를 가든 절경이요 승경勝景이지만 군계일학이라고나 할까. 그중에서도 빼어난 경치가 있게 마련이니 전라남도 장성군에 소재한 백양사 쌍계루의 늦가을 정경이 바로 그것이다. 고려高麗의 시인 정몽주鄭夢周도 이 기막힌 절경에 할 말을 찾기가 쉽지 않았다.

쌍계루 雙溪樓

烟光標渺暮山紫
_{연 광 표 묘 모 산 자}
안개 드리운 햇빛 아득하고 해 저문 산은 자줏빛인데

月影徘徊秋水澄
_{월 영 배 회 추 수 징}
달그림자 서성이어 가을 물은 맑구나

久向人間煩熱惱
_{구 향 인 간 번 열 뇌}
오래도록 사람 세상 번민 속에 갇혔으니

拂衣何日共君登
_{불 의 하 일 공 군 등}
어느 날 옷깃 떨치고 그대와 함께 오르리

스토리 시인이 어느 날 백양사 쌍계루를 찾았더니 그곳 스님이 시 한 수를 청하였다.

마침 계절은 늦가을이라 주변은 온통 단풍으로 곱게 물들어 있었고 쌍계루 앞을 흐르는 시내는 맑고 깨끗하기 그지없었다. 시 한 수가 저절로 떠올려질 법한 정경이지만 시라는 것이 막상 지으려고 하면 쉽게 되는 것이 아니다.

그렇다고 시 짓기를 거절하기도 어렵고 해서 고심 끝에 붓을 들었다. 먼저 시인의 눈이 간 곳은 물 위였다. 물안개와 가을 햇빛이 섞여 지척의 거리지만 아득히 먼 느낌으로 다가왔다.

고개 돌려 뒷산을 보니 저녁인지라 석양빛이 낮게 드리워져 산이 자줏빛으로 보였다. 쌍계루 주변의 늦가을 저녁은 아름다움을 넘어선 신비로움이다. 신비로움에 취해 있다 보니 어느새 쌍계루에 밤이 들고 하늘에 밝은 달이 떠올랐다.

초저녁에 시내 위로 보이던 물안개는 어디론가 자취를 감추었고 대신 물 안으로 늦가을밤의 진객珍客이 찾아와 있었다. 하늘에 뜬 달보다 더 선명한 달 그림자였던 것이다. 맑은 가을 물은 웬만한 거울보다 나은 법이다. 맑디맑은 가을 물에 밝디밝은 가을 달은 환상의 조합이 아닐 수 없다. 초저녁부터 밤늦게까지 쌍계루의 환상적인 정경에 젖다 보니 문득 아등바등 살아왔던 지난날들이 떠올랐다. 돈과 명예에 대한 집착에 빠진 삶은 그야말로 번뇌의 연속이었던 셈이다.

시사점 옷깃에 달라붙어 있는 먼지를 털어내듯 마음속에 깊숙이 자리 잡고 있는 번뇌를 깨끗이 씻을 수 있는 방법은 무엇일까?

그것은 의외로 간단하다.

벗과 함께 쌍계루에 오르는 것이다. 사람들은 아름다운 풍광을 접하게 되면 흔히 시를 떠올리지만 막상 그것을 시로 쓰려면 그리 쉽지만은 않다. 아름다움을 직접적으로 묘사하는 것은 운치도 없고 실제로 잘 되지도 않는다. 이럴 때 에둘러 비유를 통해 묘사하는 것이 상당히 효과가 있다. 이렇게 시로 쓰게 되면 아름다운 풍광은 단순히 눈의 즐거움으로 그치지 않는다. 마음을 깨끗이 정화시키는 작용이 더 큰 것이다.

감성메모

늦가을 산속

배경 늦가을의 풍광을 가장 잘 볼 수 있는 곳은 아무래도 산속일 것이다. 늦가을의 주인공은 낙엽이고, 온갖 나무들로부터 떨어져 내린 낙엽이 쌓인 곳이 산속이기 때문이다. 얼마 전까지만 해도 나무마다 고유의 빛으로 도도한 자태를 뽐내던 터였지만, 이제는 한껏 몸을 낮추어 대지에 나란히 눕는 신세가 되었다. 그렇다고 늦가을 산속에 낙엽만 있는 것은 아니다.

이런저런 늦가을 특유의 여러 풍광들이 어우러져 있지만, 그 모두가 낙엽과 절묘한 앙상블을 형성한다.

당唐의 시인 유종원柳宗元은 늦가을 새벽 산속으로 들어가 자연을 응시하고 그들과 교감하였다.

가을 새벽 남곡으로 가며 황촌을 지나다 秋曉行南谷經荒村

杪秋霜露重
초 추 상 로 중
늦가을 서리와 이슬 짙은데

晨起行幽谷
신 기 행 유 곡
새벽 일어나 깊은 골짜기로 가네

黃葉覆溪橋
황 엽 복 계 교
누런 단풍잎 계곡 다리를 덮고

荒村惟古木
황 촌 유 고 목
사람이 떠난 고을에는 오직 고목만 남았네

寒花疎寂歷
한 화 소 적 력
겨울꽃은 드문드문 적막하고

幽泉微斷續
유 천 미 단 속
깊숙한 샘물 가늘게 끊겼다 흘렀다 하네

機心久已忘
기 심 구 이 망
속된 마음은 잊은 지 오래이니

何事驚麋鹿
하 사 경 미 록
무슨 일로 사슴을 놀라게 하리오

스토리 나무를 타고 오르던 가을은 마침내 가장 높은 가지의 끝에 다다랐다. 그래서 초추는 늦가을 중에서도 늦가을인 셈이다.

늦가을도 막바지에 이르면 서리와 이슬은 한층 더 짙고 두텁게 된다. 이처럼 짙은 서리와 이슬이 내린 늦가을 새벽, 시인은 침상에서 일어나 깊은 골짜기를 찾아 나섰다.

이유는 밝히지 않았지만, 아마도 늦가을의 정취를 느끼고 싶었을 테고, 늦가을의 정취는 새벽 산속이 제격이었기 때문이었을 것이다. 이렇게 도착한 깊은 산속 골짜기는 과연 늦가을 정취를 만끽하려는 시인의 기대를 저버리지 않았다.

우선 눈에 띈 것은 역시 낙엽이었다. 누렇게 시들어 떨어진 나뭇잎들이 계곡의 다리에 소복이 쌓여 있었다.

다리는 떠나감의 공간이고 낙엽은 늦가을의 상징이니, 이는 늦가을이 떠나가는 모습을 시각적으로 보여 주고 있는 장면이라고 할 수 있다. 계곡 다리를 지나니 황폐한 마을이 나타났다.

사람은 모두 떠나 아무도 없고 오직 고목만이 쓸쓸한 모습으로 마을을 지키고 있었다. 이 역시 떠나감의 모습을 보여 준다. 추위에도 피어 있는 꽃이 있긴 하지만 매우 성긴 것이 적막감마저 감돈다. 깊은 산속에 숨어 있는 샘은 물이 거의 남아 있지 않아 끊어졌다 이어졌다.

모두가 떠나가고 사라지는 늦가을의 쓸쓸한 모습들이다. 여기서 시인은 자신을 돌아다본다. 세속적 명리를 좇는 속된 마음을 잊고 자연의 하나가 되어 산 지 오래니, 숲속의 사슴이 시인을 보고 놀랄 일이 없어야 되는 것이다. 그런데 어떻게 된 것인지 사슴을 놀라게 했으니, 아직도 기심機心이 남아 있는 것이라고 스스로를 경계하였다.

시사점 늦가을 새벽에 깊은 산속을 찾아보라. 거기에 가면 늦가을의 온갖 정취가 모여 있을 것이다. 수북이 쌓인 낙엽들을 위시해 모두가 떠나고 사라지는 쓸쓸한 모습들이지만, 거기에서 자연의 섭리를 피부로 느낄 수 있다. 명리에 얽매인 속된 마음을 잠시나마 잊을 수 있다면, 이 얼마나 좋은 일인가?

가을이 오는 느낌

무더위가 극성을 부릴 때면, 사람들은 빨리 가을이 왔으면 한다. 그렇지만 가실 줄 모르는 무더위에 가을이 올 조짐은 영 보이지 않는다. 세월이 가면 여름이 가겠거니 하다가도, 더위에 시달리다 보면 여름이 정말 가지 않을까 조바심이 나기도 한다.

이럴 때 주의력이 깊은 사람은 가을이 오고 있음을 알아채곤 하는데, 무엇을 보고 그러는 것일까?

매미 소리가 부쩍 커지는 것이 바로 그것이다.

조선朝鮮의 시인 강정일당姜靜一堂도 부쩍 커진 매미 소리에서 가을이 왔음을 직감하였다.

가을 매미 소리　聽秋蟬

萬木迎秋氣 만 목 영 추 기	어느덧 나무마다 가을빛인데
蟬聲亂夕陽 선 성 난 석 양	석양에 어지러운 매미 소리들
沈吟感物性 침 음 감 물 성	제철이 다하는 게 슬퍼서인가
林下獨彷徨 임 하 독 방 황	쓸쓸한 숲속을 혼자 헤매네

스토리 흔히 말하기를 가을날은 맑다고 한다. 단순히 비 오는 날이 적어서만은 아니다. 과학적으로 설명하기는 어렵지만, 무언가 여름빛과는 다른 느낌이 있는 것은 분명하다. 그렇게 달라진 빛으로 말미암아 모든 사물의 이미지도 변모되게 마련이다.

먼저 시인의 눈에 가을 느낌으로 다가온 것은 나무들이었다. 종류와 관계없이 모든 나무에서 가을 기운이 느껴졌다. 부쩍 듬성듬성해진 나뭇가지 사이로 비스듬하게 해가 비치는 것이 그런 느낌으로 다가오는 것일 테지만, 얼마 전까지만 해도 느낄 수 없었던 그런 느낌이었다.

이렇게 시각적으로 가을임을 느낀 것을 청각을 통해 확인하였으니, 해질 무렵 매미 소리가 부쩍 크게 들렸던 것이다.

매미가 우는 이유는 실상은 종족 번식을 위한 것이지만, 그 소리는 사람들에게 여름의 소리로 인식될 뿐이다. 주변 온도나 조도 차이 때문에 매미 종별로 우는 때가 다르지만, 매미 소리는 늦여름부터 유난히 크게 들리고, 초가을이면 아예 절규처럼 들리곤 한다.

시사점 이처럼 커진 매미 소리를 듣고, 그것도 하루를 마감하는 해질 무렵에 듣고, 시인은 여름이 가고 가을이 옴을 재삼 확인한 것이다. 무더운 여름이 가고 청명한 가을이 오면 반가운 생각이 들게 마련이지만, 시인은 반가운 생각이 드는 대신, 깊은 상념에 빠져들었다. 한시도 멈추지 않고 변화해 가는 사물의 천성을 새삼 깨닫고는, 깊은 상념에 빠져 홀로 숲속을 마냥 서성이는 시인의 모습이 선연하다.

감성메모

어느 가을날에

배경 가을날의 느낌으로 대표적인 것은 쓸쓸함이다. 귓불을 스치는 바람이 차가워지고, 발밑으로 낙엽이 나뒹굴 때, 사람들이 쓸쓸함을 느끼는 것은 어쩔 수 없는 일이다.

자연의 풍광이 쓸쓸함을 촉발시킨다면, 쓸쓸함을 배가시키는 것은 외로움이다. 그렇지 않아도 쓸쓸한 가을날에 찾아오는 이도, 찾아갈 이도 없다면 그 쓸쓸함은 훨씬 더 심각할 것이다.

조선朝鮮의 시인 김시습金時習은 어느 가을날에 쓸쓸함을 톡톡히 맛보아야 했다.

어느 가을날에　秋日

庭際無人葉滿蹊
정 제 무 인 엽 만 혜　　마당에 사람은 없고, 길엔 낙엽이 가득해

草堂秋色轉凄凄
초 당 추 색 전 처 처　　초가에 가을빛이 점차 쓸쓸해져 가네

蛩如有意跳相咽
공 여 유 의 도 상 열　　귀뚜라미도 뜻 있는 듯 뛰면서 서로 울고

山似多情翠又低
산 사 다 정 취 우 저　　산도 정 많은 듯 푸르고도 낮아졌네

世事到頭之者也
세 사 도 두 지 자 야　　세상사가 머리끝에 이른 상황에서도

閑情輪却去來兮
한 정 수 각 거 래 혜　　한가한 마음이 왔다 갔다 하는구나

欲談細話誰將伴
욕 담 세 화 수 장 반　　세상 이야기 함께할 사람은 누구던가

銷得南山一杖藜
소 득 남 산 일 장 려　　남산의 명아주 지팡이 다 닳아버렸구나

스토리　시인이 사는 집의 마당에는 사람의 그림자도 보이지 않는다. 그 대신 마당으로 통하는 좁은 길에 낙엽이 가득 쌓여 있다.

사람은 없고 낙엽만 무수히 쌓인 형국이니 시인의 가슴에 쓸쓸한 감정이 밀려들 수밖에 없을 것이다. 그러고 보니 시인이 사는 초가집에는 가을빛이 물들어 하루가 다르게 쓸쓸한 분위기가 더해져 가고 있었다. 가을의 전령사 귀뚜라미들은 무언가 할 말이 있기라도 한 듯이, 펄떡펄떡 뛰어가면서 서로를 향해 절규하듯 울어댄다.

집 주변의 산도 마치 이것저것 쌓인 생각이 많은지 푸르고도 낮게 보인다.

이러한 가을 광경에 시인은 세속의 번다한 일로 머릿속이 복잡한 경우에도 한가한 느낌은 오락가락한다는 생각이 들었다. 한가한 것이 늘 좋은 것만은 아니다. 시인은 이런저런 시시콜콜한 세상 이야기를 나눌 사람이 절실하게 필요하였다. 그래서 누군가를 틈만 나면 찾아가곤 하였는데, 어찌나 자주 찾았는지, 단단하여 닳지 않기로 유명한, 명아주 줄기로 만든 지팡이가 모두 닳아 없어질 지경이었다.

시사점 가을은 그 풍광만으로 쓸쓸함을 유발하지만, 사람의 외로움이 겹쳐지면, 그 쓸쓸함이 배가된다. 이럴 때 절실한 것이 친구이다. 보고 싶을 때 하시라도 찾아가서 이야기를 나눌 친구가 있다면 가을은 결코 쓸쓸하지 않을 것이다.

감성메모

추석의 달

배경　일 년 중 달이 가장 밝은 날은 바로 추석이다. 그래서 한가위 보름달은 모든 달의 대표로 인식된다. 사람들이 달을 보고 떠올리는 것은 무엇일까?

사람마다 다르겠지만, 가장 흔한 것은 고향과 가족이다. 어떤 이유로든 고향과 가족을 떠나 타향에 홀로 떠도는 사람들은 하늘에 떠 있는 달을 보면 잊고 있었던 고향과 가족이 떠오르곤 한다.

이렇듯 달, 그중에서도 한가위 보름달은 향수와 그리움의 정서를 대변한다.

송宋의 시인 소식蘇軾은 추석의 보름달을 보고 무엇을 떠올렸을까?

추석의 달 仲秋月

暮雲收盡溢淸寒
모 운 수 진 일 청 한
저녁 구름 걷혀 맑고 서늘한 기운 넘치는데

銀漢無聲轉玉盤
은 한 무 성 전 옥 반
은하수 소리 없이 옥쟁반에 구르네

此生此夜不長好
차 생 차 야 부 장 호
이 세상 이런 밤 늘 있는 것도 아니니

明年明月何處看
명 년 명 월 하 처 간
내년엔 저 밝은 달 어디에서 볼꼬?

스토리 추석이 되면 무엇보다도 밤이 궁금해진다. 보름달을 볼 수 있을 것인지가 초미의 관심사가 되기 때문이다. 타지에서 추석을 맞은 시인은 낮 동안 짙게 끼어 있던 구름에 노심초사하고 있던 차였다. 그런데 해질 무렵이 되자 거짓말처럼 구름이 말끔하게 걷히었다. 무난히 보름달을 볼 수 있게 되어, 여간 다행스러운 일이 아닐 수 없었다.

구름은 걷히고 날씨 또한 맑고 서늘한, 추석 특유의 날씨로 돌아와 있었다. 밤이 되자, 시인은 적당한 채비를 하고 달구경에 나섰다. 시인은 고개를 들어 추석의 밤하늘을 응시하였다. 맑은 밤이면 언제나 어김없이 나타나는 은하수가 마치 큰 강물처럼 흐르고 있었다. 그런데 이 날은 느낌이 평소와는 사뭇 달랐다.

흐른다기보다는 구르는 것으로 보였던 것인데, 이는 하늘에 떠 있는 옥쟁반으로 인해 생긴 착시였으리라. 추석 밤의 보름달은 일 년 중 가장 맑고 투명하기 때문에 흔히 옥쟁반에 비유되곤 하는데, 여기서 착안하여 은하수의 별을 옥쟁반을 구르는 구슬로 본 시인의 상상력이 참으로 기발하다.

추석 밤하늘의 장관에 넋을 잃고 있던 순간, 시인의 뇌리를 스친 것은 불안 감이었다. 이 삶과 이 밤이 아무리 아름답고 훌륭하다 할지라도, 그것은 순간일 뿐, 영원할 수 없다는 데 생각이 미친 것이다. 떠돌이 신세인 시인이 내년 추석 달은 또 어디서 만나게 될까?

시사점 일 년 중 가장 밝은 추석 밤의 보름달은 가장 아름답지만, 또한 사람을 가장 상념에 젖게도 한다. 고향과 가족 그리고 무상한 삶의 모습까지 추석 보름달이 만들어 주는 상념의 골은 끝없이 아득하다.

감성메모

가을밤의 향연

배경 밤은 사색과 청각의 시간이다. 특히 가을밤이 그러하다. 시각적으로 번다하고, 활동을 많이 하는 낮과는 달리 밤은 시각적으로 제한적이고, 활동 또한 현저히 줄어든다. 그래서 자연스럽게 내면 의식이 발현되어 사색에 빠지게 되고 청각적으로 예민하게 된다. 이러한 밤의 속성이 제일 강하게 드러나는 때는 가을밤, 그중에서도 달이 뜬 가을밤이다.

　조선朝鮮의 시인 이덕무李德懋는 달 뜬 가을밤에 과연 무엇을 보고 듣고 느끼었을까?

가을밤에 읊다　秋夜吟

一夜新凉生 일 야 신 량 생	밤이 되니 찬 기운 막 돌기 시작하고
寒蛩入戶鳴 한 공 입 호 명	귀뚜라미 문에 들어 우네
野泉穿竹響 야 천 천 죽 향	들의 샘물은 대숲 뚫고 소리 내어 흐르고
村火隔林明 촌 화 격 림 명	마을 등불이 숲 건너서 밝게 빛나네
山月三更吐 산 월 삼 경 토	산은 한밤에 달을 토하고
江風十里淸 강 풍 십 리 청	강바람은 십리 밖에서도 맑게 느껴지네
夜爛星斗燦 야 란 성 두 찬	밤이 깊어 별빛 찬란한데
玉宇雁群橫 옥 우 안 군 횡	창공에 기러기 떼 비끼어 날아가네

스토리 시인이 가을 달밤에 제일 먼저 만난 것은 찬바람이다. 한낮에는 더위가 아직 남아 있지만, 밤이 되면 선선해지는 것이 가을 날씨이다. 이러한 가을 날씨를 어찌 아는지, 용케도 나타나 집 안으로 들어온 귀뚜라미가 시인의 두 번째 가을 손님이다.

귀뚜라미가 꼭 가을밤에만 우는 것은 아니겠지만, 가을밤에 그 소리가 유독 크게 들리는 것은 사실이다. 이는 가을밤의 고요함을 역설적으로 말해 준다. 시인은 가을의 정취를 느끼고자 집 밖으로 나섰다. 들판에 나서서 만난 것은 샘물이었다.

그런데 특이한 것은 눈으로 만난 것이 아니라 귀로 만났다는 것이다.

밤인지라 눈에 보이지는 않지만, 귀로는 낮보다 훨씬 선명하게 들렸다. 대나무 숲을 뚫고 무언가 흐르는 소리가 선명하게 들렸는데 시인은 이 소리를 듣고 그 것이 샘물이 흐르는 소리임을 바로 알아챘던 것이다. 그리고 고개를 들어서 멀리 내다보니, 건너편 마을의 집들에서 새어나오는 호롱불 빛이 눈에 들어왔다.

시사점 서늘한 가을밤의 따뜻한 정경이 아닐 수 없다. 그리고 산이 토해 낸 밝은 달, 십 리 밖에서도 맑은 기운이 느껴지는 바람, 밤이 깊을수록 찬란하게 빛나는 별, 가을밤 하늘을 수놓으며 나는 기러기 떼 같은 가을밤의 진객들이 차례로 시인의 감각을 자극하고 나섰으니, 밤 그것도 가을 달 밤 시인은 한껏 사색에 빠지고 귀로 눈으로 가을밤의 향연을 즐긴다.

감성메모

가을비 내린 날

비는 사람을 차분하게 만드는 힘이 있다. 특히 가을비는 사람을 사색에 젖게 하고 추억을 떠올리게 하는 마법을 지니고 있다. 일상에 묻혀 살다가 어느 날 가을비를 만나면 문득 지난날들이 주마등처럼 떠오르는 것은 바로 이 때문이다.

조선朝鮮의 시인 박은朴誾은 가을 어느 날 비를 만나자 친구를 떠올렸다.

빗속 친구 생각 雨中有懷擇之

寒雨不宜菊 한 우 불 의 국	찬비는 국화에 어울리지 않는데
小尊知近人 소 준 지 근 인	작은 술동이는 사람 가까이할 줄 아네
閉門紅葉落 폐 문 홍 엽 락	문을 닫으니 붉은 잎이 떨어지고
得句白頭新 득 구 백 두 신	시구를 얻으니 흰머리가 새롭네
歡憶情親友 환 억 정 친 우	정다운 벗 생각할 때는 즐겁지만
愁添寂寞晨 수 첨 적 막 신	적막한 새벽 되니 시름만 더하네
何當靑眼對 하 당 청 안 대	그 언제나 반가운 눈길로 만나
一笑見陽春 일 소 견 양 춘	한바탕 웃으며 화창한 봄을 보리요?

스토리 가을이라 날씨가 부쩍 차가워졌는데, 거기에 비까지 내리니 쓸쓸함을 느끼지 않을 수 없다. 마당에 노랗게 핀 국화에 떨어지는 비를 바라보노라니, 시인의 심사는 착잡하기 그지없다.

저절로 술 생각이 나는데, 아쉬우나마 작은 술동이 하나가 제 알아서 눈에 들어오니, 이를 마다할 시인이 아니다. 술을 한잔 마시고 있노라니, 이런저런 상념들이 떠오른다. 아무도 찾아오는 이 없어 문을 닫아 놓고 사는 집 마당에도 어김없이 붉게 물든 나뭇잎이 떨어진다.

그러다 보니 만족할 만한 시구를 하나 얻느라 애쓰며 보낸 세월이 만만치 않았던지, 문득 머리에 내려앉은 하얀 서리가 새삼스럽게 느껴진다. 다정한 벗들과 어울린 시간은 즐겁기 그지없었지만, 즐거웠던 만큼 그 후유증도 크다.

친구들이 떠난 새벽이 되면, 시름이 더 깊어지니 말이다. 그래도 시인은 찬비가 국화에 내려 술 한잔을 하다 보니, 친구 생각이 더욱 간절하다. 빨리 가을 겨울이 지나고 봄이 와, 그 친구를 반갑게 만나고 싶은 생각이 든 것이다.

시사점 차가운 가을비가 내리면, 사람들의 마음은 부쩍 쓸쓸해지기 마련이다. 그러면 술 생각도 나고 친구 생각도 난다. 이럴 때 친구가 찾아와 마당 국화에 떨어지는 빗방울을 응시하며, 술 한잔을 하면 말할 나위 없이 좋겠지만, 현실은 그렇지 못하다. 그저 생각하고 기다리는 것이 인생이다.

감성메모

가을밤 친구에게

차갑고 쓸쓸한 가을밤의 정서는 단연 그리움일 것이다. 고향, 가족, 친구와 멀리 떨어져 홀로 지내는 사람이라면 그리움에 가을밤을 쉽게 잠들 수 없을 것이다.

이럴 때 어떤 사람은 잠자리에서 뒤척이기를 반복하면서 새벽을 맞고, 또 어떤 사람은 자리를 털고 밖으로 나와 밤을 산책한다. 불면에 대처하는 방법은 제각각이지만 바탕에 그리움이 깔려 있는 것은 동일하다.

당唐의 시인 위응물韋應物도 어느 가을밤 누군가가 그리워 잠 못 들고 있었다.

가을밤에 친구에게 秋夜寄丘二十二員外

懷君屬秋夜
회 군 속 추 야

때마침 가을밤 그대가 그리워서

散步詠凉天
산 보 영 양 천

서늘한 하늘 아래서 시 읊으며 거닌다오

山空松子落
산 공 송 자 락

빈산, 솔방울 떨어지는 소리에

幽人應未眠
유 인 응 미 면

은거하는 그대 또한 잠 못 이루겠지요

스토리　가을이 오고 또 밤이 찾아오자 시인은 불현듯 친구가 그리워졌다. 그리움은 잠시 있다가 떠나지 않고 계속 시인의 뇌리에 머물고 있었다.

도저히 그리움을 떨쳐 버릴 수 없던 시인은 집 밖으로 나서서 밤길을 무작정 걷기 시작하였다.

가을이고 밤인지라 날씨는 차가웠다.

시인은 친구 그리움에 길을 나섰다가 가을밤의 정취에 젖어 시를 읊조리기에 이르렀다.

그러자 같은 시간 친구는 무엇을 하고 있을지 궁금하여졌다.

그때 친구는 마침 깊은 산속에서 홀로 은거하고 있던 터였다. 깊은 산속이라 아무도 찾아오는 사람도 없을 테고 더구나 때가 가을밤이라 적막하기 그지없을 것임은 분명하였다.

아무리 세속의 번다함을 피해 깊은 산속에서 홀로 사는 은자라 할지라도 적적하고 고요한 가을밤을 보내기는 쉽지 않았을 것이다.

이러한 상황에서 툭 떨어지는 솔방울 소리는 깊은 산속의 정적을 깨면서 은거하는 사람을 찾아온 반가운 벗일 것이다.

그런데 이 반가운 솔방울 소리에 친구가 잠 못 들 것이라고 한 것은 무슨 이유에서일까? 시끄러워서일까? 낮에는 잘 들리지도 않았을 솔방울 떨어지는 소리가 모든 것이 고요한 밤에는 천둥소리처럼 크게 들릴 수도 있다.

그러나 이 때문에 잠 못 든다고 하는 것은 어색하다. 그 솔방울 소리는 언젠가 친구와 같이 들었던 공감의 소리였던 것이다. 그래서 불현듯 친구가 그리워질 것이고, 그리움에 잠 못 이루는 것이리라.

시사점 가을밤은 그리움이 찾아오는 시간이다. 그래서 잠 못 이루기 일쑤이지만, 그래도 미워할 수는 없다. 그리움은 사람을 사람이게 하는 귀중한 존재이기에.

감성메모

높이 누대에 올라

배경 뭐니뭐니 해도 가을은 그리움의 계절이다. 낙엽이 지고, 서리가 내리고, 기러기가 하늘을 날면 사람들은 사무치게 고향 가족과 친구가 그리워진다. 이럴 때 사람들은 산이나 언덕 같은 높은 곳을 찾곤 하는데, 이것은 조금이라도 먼 데를 내다보며 그리운 마음을 조금이나마 달랠 수 있기 때문이다.

당唐의 시인 두보杜甫는 평생을 떠돌이 생활을 하였으므로, 그가 가을에 느낀 외로움은 이루 말할 수 없었을 것이다.

높은 곳에 올라 登高

風急天高猿嘯哀
풍 급 천 고 원 소 애
바람은 빠르고 하늘은 높아 원숭이 휘파람 소리 애달픈데

渚淸沙白鳥飛回
저 청 사 백 조 비 회
물가는 맑고 모래는 하얗고 새는 날아 돌아오네

無邊落木蕭蕭下
무 변 낙 목 소 소 하
보이는 곳마다 나무에선 나뭇잎 쓸쓸히 떨어지고

不盡長江滾滾來
부 진 장 강 곤 곤 내
다함이 없이 흐르는 창장강은 도도히 흘러가네

萬里悲秋常作客
만 리 비 추 상 작 객
만 리 먼 곳 서글픈 가을에 항상 나그네 되어

百年多病獨登臺
백 년 다 병 독 등 태
한평생 병 많은 몸, 홀로 누대에 오르네

艱難苦恨繁霜鬢
간 난 고 한 번 상 빈
어려움과 고통에 귀밑머리 다 희어지고

潦倒新停濁酒杯
요 도 신 정 탁 주 배
늙고 쇠약한 몸이라 새로이 탁주마저 끊어야 한다네

스토리 가을이 되자, 고향 그리움을 참을 수 없던 시인은 사는 곳 근처의 높은 곳에 위치한 누대에 올랐다. 한 발치라도 멀리 볼 수 있는 곳을 찾은 것이다. 높은 곳이라 그런지, 바람이 더욱 빨라지고 하늘은 더욱 높아 보이는데, 어디선가 원숭이 소리가 구슬프게 들린다.

아래를 내려다보니 맑은 강 가장자리와 하얀 모래, 그리고 둥지로 날아 돌아가는 새들의 모습이 눈에 들어온다. 끝없이 눈 닿는 곳이면 어디서든 쓸쓸히 떨어지는 나뭇잎과 그칠 줄 모르고 도도하게 흘러가는 장강長江은 시인으로 하여금 깊은 상념에 빠지게 한다.

돌이켜 보면, 시인은 늘 만 리萬里나 떨어진 낯선 타향을 떠도는 나그네 신세였다. 또한 한평생 내내 병마에 시달리며 홀로 누대에 오르는 신세였다. 외롭고 힘든 생활에 지쳐 있던 시인에게 가을은 참으로 견디기 어려운 계절이었던 것이다.

그간의 온갖 어려움과 고통과 마음의 회한으로 인해 시인의 귀밑머리는 서리가 내린 것처럼 하얗게 세어 버렸다. 여기서 서리는 단순히 시인의 머리가 센 것만을 비유하지 않는다. 가을 들판에 하얗게 내려앉은 서리는 시인에게 닥친 온갖 시련인 것이고, 서리를 맞아 까맣게 말라비틀어진 풀들은 바로 시인 자신인 것이다. 이미 쇠약해질 대로 쇠약해진 시인에게 가장 안타까운 일이 있었으니, 바로 평생 친구로 지냈던 술과 이별해야 했던 것이다.

시사점 타향에서 온갖 고초를 겪다가 늙고 병든 사람은 가을이 되면 혹독한 향수병을 앓게 마련이다. 하염없이 떨어지는 낙엽에 자신의 모습이 투영되기도 하고, 들판에 하얗게 앉은 서리를 보면, 자신의 기구한 신세가 떠오르기도 한다. 외로움을 견딜 수 없다면, 높은 곳에 올라 그리운 곳을 먼발치로 바라보며 마음을 달래는 것도 좋다. 세월에 순응하며 시들어가는 초목들을 보고, 늙고 쇠약해가는 삶의 숙명을 깨닫는 것도 또한 나쁘지 않다. 세상은 생각하기 나름이지 않은가?

만추삼우晩秋三友

배경 사람마다 가을 하면 떠오르는 것들이 모두 다를 터이지만, 가을
정취를 말하면서 국화를 빼놓는 경우는 거의 없을 것이다. 낙목한천에 오상고
절傲霜孤節의 강직한 기품이 있는가 하면 가을 산야 어느 곳에서도 흔하게 접할
수 있는 소박하고 친숙한 풍모에 탈속한 은자의 초연한 자태도 두루 갖추었으
니, 가을 어느 자리에도 어울리는 게 바로 국화리라.

이처럼 국화가 모든 계층의 사람에게 환영받는 가을 친구인 것은 기왕에 알
겠고, 여기에 근심을 잊게 하는 물건[忘憂物]이라 불리는 술이 합세하여야, 비로
소 늦가을 세 친구[晩秋三友]가 그 만남을 완성하게 된다. 조선朝鮮 후기의 인물
고의후高義厚의 시에 보이는 내용이다.

국화를 읊다 詠菊

有花無酒可堪嘆
유 화 무 주 가 감 탄
꽃은 있는데 술이 없다면 탄식을 참아낼 수 있을까?

有酒無人亦奈何
유 주 무 인 역 내 하
술은 있는데 사람이 없다면 또한 어떻게 할까?

世事悠悠不須問
세 사 유 유 불 수 문
세상일일랑 아득히 멀리 보내고 꼭 묻지 않아도 되리

看花對酒一立莫
간 화 대 주 일 장 가
국화 바라보며 꽃을 마주한 채 한번 길게 노래 불러본다

스토리 이 시에서 꽃은 물론 국화이다. 시인은 국화는 있고 술이 없는 것을 탄식하지 않을 수 있느냐고 묻고 있지만, 대답은 물론 탄식하지 않을 수 없다이다. 그렇다면 국화와 꽃은 왜 같이 어우러져 있어야 하는 것일까? 힌트는 시 안에 있다. 둘 다 세상사를 아득히 멀리 보내버리는[世事悠悠] 속성을 지니고 있기 때문이다.

이 경우에 국화는, 서리에도 꼿꼿한 지조가 있다거나, 소박하고 친밀하다거나 하는 이미지가 아니다. 속세와 떨어져 사는 은자와 불가분의 관계가 있는 존재로서의 국화이다. 그러면 술은 무엇일까?

동진東晉의 시인 도연명이 국화 꽃잎을 망우물[忘憂物]에 띄운다고 읊은 바가 있는데, 여기의 망우물이 바로 그 술이다. 거리적으로 속세로부터 멀리 떨어진 곳에 피어 있는 국화에, 정신적으로 세상사를 잊게 해주는 술이 곁들여지면 속세의 번다한 일들로부터 멀어지는 효과가 배가倍加될 수밖에 없을 것이다.

술은 인생의 덧없음을 한탄하거나, 외로움을 달래거나, 좋은 일을 즐기기 위해 마시는 경우가 대부분이지만, 이 시에서처럼 속세의 번다한 일들을 잊고자 마시는 경우도 있다. 여러 사람과 의례적으로 마시는 술이 있는가 하면, 가까운 지인들과 조촐하게 즐기는 자리도 있고, 때에 따라서는 혼자 마시는 경우도 드물지 않다.

어떤 경우나 술이 작용하는 공간은 사람의 물질적 영역이 아닌, 정신적 영역이다. 특히 은자의 경우, 속세로부터 벗어나는 것은 단지 공간적 이동의 개념만은 아니다. 거기에는 정신적 이동의 개념이 수반되기 마련인데, 이때 그 기재로 쓰이는 것이 바로 술이다. 은자는 술을 마심으로써 공간적 이동 없이도 탈속의 정신 영역으로 들어갈 수 있는 것이다.

시사점 국화로써 탈속의 장을 나타냈다면, 술로써 탈속의 정신 상태를 표시한 것이다. 여기에 탈속의 정서를 공유할 수 있는 또 다른 은자가 같이 하는 것으로 은자의 환경은 완성된다. 은자들의 만남에는 속세의 번잡한 일들은 더 이상 존재하지 않는다.

그들의 공간적 분신인 국화를 물끄러미 바라보며, 정신적 매개물인 술을 마시면서 탈속의 노래를 하는 것으로 은자의 의식을 마감한다. 은자가 아니어도 좋다. 늦가을이 다 가기 전에 국화 보이는 곳에 자리 잡고 앉아, 말 통하는 사람과 술 한잔 나누는 것으로 만추삼우晚秋三友를 즐길 수 있다면야!

또 가을

대개 양력 8월 7일쯤이 입추이고, 입추가 지나고 나면 곧 가을이다. 여름의 기세가 한동안은 여전히 등등할 것이지만, 그래봐야 그게 얼마나 가겠는가? 찌는 듯한 여름 무더위가 아무리 지긋지긋해도, 세월이 지나는 것이 안타까운 것은 어쩔 수가 없다. 나이가 들수록 세월 가는 것이 빠른 건 세월의 심술인가? 아니면 인간의 욕심인가?

당唐의 시인 두보杜甫 역시 나이 든 뒤 맞은 입추가 반갑지만은 않았다.

입추후제 立秋後題

日月不相饒 일 월 불 상 요	해와 달이 너그럽지 않아
節序昨夜隔 절 서 작 야 격	계절이 어젯밤으로 바뀌었네
玄蟬無停號 현 선 무 정 호	가을매미는 그침 없이 울고
秋燕已如客 추 연 이 여 객	제비는 이미 나그네 신세로고
平生獨往願 평 생 독 왕 원	평소 홀로 가기를 바랐건만
惆悵年半白 추 창 년 반 백	서글프게도 나이가 쉰이 되었네
罷官亦由人 파 관 역 유 인	벼슬을 그만두는 것 또한 사람 탓이니
何事拘形役 하 사 구 형 역	무슨 일로 육신의 부림에 매이고 사는 것인지?

스토리 앞서거니 뒤서거니 서로 양보하는 것은 인간살이의 큰 미덕이다. 그러나 결코 양보가 없는 것이 있으니 바로 해와 달, 곧 세월이다. 시인은 이것을 너그럽지 않다[不饒]고 의인화하여 표현하였다. 24절기 중 열세 번째인 입추가 오늘이니, 어젯밤을 경계로 계절이 바뀌었던 것이다. 현실에서는 입추가 되었다 해서, 하루아침에 여름의 모습이 가을 정취로 바뀌는 것은 아니겠지만, 시인의 예민한 감각에는 이미 가을의 조짐들이 포착되고 있다.

검은 매미는 여름 곤충이지만, 늦여름과 초가을에 유난히 그 우는 소리가 크고도 멈춤이 없다. 시인은 검은 매미가 그치지 않고 우는 데서 가을을 감지한 것이다. 이뿐만이 아니다. 봄에 찾아와서 여름을 난 제비가, 마치 당초 예정된 시간을 다 머물다 떠나는 손님처럼, 남쪽으로 떠나가고 있다.

이러한 가을 매미의 움직임 또한 가을이 성큼 다가온 징표로서 시인은 인식한다. 무더위에 지친 사람들은 가을을 반기는 경우가 많지만, 시인은 가을이 전혀 반갑지 않다.

왜냐하면, 세월이 가기 때문이다. 평소 홀로 가기를 바랐다는 말이 무엇을 뜻하는지 명확하지 않지만, 아마도 남의 신세를 지지 않고 자신의 힘으로 가족을 건사하는 것이리라. 성큼 다가온 가을이 지나면 시인은 나이가 쉰이 되지만, 여전히 궁핍하여 남의 신세를 지면서 살고 있다. 이래서 시인은 가을이 오는 것이 싫은 것이다.

나이는 이미 쉰을 넘어서지만, 생활은 곤궁하고 불안정한 것을 시인은 한탄한다. 어렵사리 얻은 관직을 그만두기란 쉽지 않지만, 시인은 정신적인 구속이 싫어서 그것을 과감히 그만둔다. 비록 몸이 힘들더라도 마음이 편안한 것을 시인은 선택하였다. 비록 곤궁하여도 사람에게 시달리면서, 구속을 받으면서 사는 것을 시인은 참지 못했던 것이다.

시사점 여름은 길었지만, 지나고 나면 도리어 그립고 아쉽다. 곧 가을이 오고 한 해가 다 갈 것이기 때문이다. 해가 쌓이고 나이가 들수록 사람이 부자가 되거나 현명해진다면 얼마나 좋겠냐마는, 현실은 그 반대인 경우가 더 많다. 사람은 나이가 들수록 세월에 순응하면서 욕심을 줄이고 마음이 편한 쪽을 택해서 사는 것이 현명하다는 것을 매미 울음소리가 일깨우지 않는가?

가을바람의 노래

배경 계절이 바뀌는 것을 실감케 하는 것은 뭐니뭐니해도 바람이다. 아침저녁으로 선선한 기운이 느껴지면, 사람들은 가을이 왔음을 직감한다. 도대체 바람은 어디서 오는 것인가? 또 어디로 가는 것일까? 과학적으로 보면 바람은 기압차에 의한 공기의 흐름에 불과하겠지만, 사람들이 느끼는 그것은 그렇게 단순하지 않다.

사람들의 머릿속에는 이 세상 어딘가에 사계절이 대기하고 있다가, 때가 되면 바람을 타고 나타나는 것으로 각인되어 있다.

당唐의 시인 유우석劉禹錫도 마찬가지 생각이었다.

가을바람의 노래 秋風引

何處秋風至
하 처 추 풍 지
어디에선가 가을바람 이르러

蕭蕭送雁群
소 소 송 안 군
쓸쓸히 기러기 떼를 보내도다

朝來入庭樹
조 래 입 정 수
아침나절 마당 나무 사이로 들어오니

孤客最先聞
고 객 최 선 문
외로운 나그네가 가장 먼저 그 소리를 듣는구나

스토리 가을바람이 어디로부터 온 것인지는 알 수가 없다. 분명한 것은 가을바람이 이르렀다는 사실이다. 오는 것이 있으면 가는 것이 있는 게 세상 이치이다. 가을바람이 이르자, 기러기 떼가 자리를 뜬다. 따뜻한 남쪽으로 이동해 가는 것이지만, 떠나는 모습은 언제나 쓸쓸한 법이다[蕭蕭].

사람들은 아무도 느끼지 못했지만, 기러기는 낌새를 알아챘던 것이다. 결국 기러기는 가을바람이 떠나보낸 것[送]이다. 가을바람이 와서는 제일 먼저 한 일은 기러기를 남쪽으로 떠나보내는 것이었다. 이 일을 마친 가을바람은 시인이 머물고 있는 집의 마당에 들어와 마당의 나뭇가지를 흔들었다. 그러나 이른 아침인지라, 이를 알아채는 사람은 많지 않았다.

외로움에 잠 못 이룬 채, 아침을 맞은 나그네가 제일 먼저 가을바람 소리를 들은 것은 어찌 보면 당연하다. 여기서 나그네는 물론 시인 자신이다.

시인은 무슨 이유인지는 알 수 없지만, 집을 떠나 객지의 친지 집에 머물고 있다. 집을 떠나면 누구나 외롭기 마련이고, 외로운 사람은 계절의 변화에 몹시 예민하게 반응하는 게 일반적이다. 집을 떠난 외로움은 가을의 쓸쓸함을 절실하게 느끼게 하는 촉매제라 해도 과언이 아닐 것이다. 마당 나무에서 가을바람의 소리를 알아챈 시인의 감수성은 참으로 예민하다.

시사점 가을바람이 어디서 오는지는 아무도 모른다. 그러나 때가 되면 어김없이 다다른다. 하늘을 떼 지어 나는 기러기는 바로 가을바람이 도착했음을 알리는 전령이다. 가을바람이 와서, 곧 추워질 것을 알기 때문에 기러기는 따뜻한 겨울을 나기 위해 남쪽으로 날아가는 것이다. 이처럼 기러기는 가을바람의 도래를 본능적으로 알지만, 사람은 그렇지 못하다. 사람은 가을바람이 왔음을 본능이 아닌 정서로 알아챈다.

그 정서는 바로 외로움이다. 외로운 마음과 쌀쌀해진 날씨가 결합하여 쓸쓸한 정서로 나타나고, 이것이 바로 가을의 느낌이다. 가을이 오는 것은 피할 수도 없고 또 그럴 필요도 없다. 쌀쌀한 날씨가 꼭 나쁜 게 아니듯이, 외로움도 꼭 좋지 않은 것만은 아니다. 쓸쓸함 역시 피해야만 할 정서는 아니다. 쓸쓸함은 사람을 영글게 하고, 정감을 풍부하게 한다. 가을이 좋은 것은 바로 이 쓸쓸함 때문이 아니던가?

감성메모

백발은 아름다워

모든 생명들은 나이가 들수록 생기를 차츰 잃어가는데, 그것이 어쩔 수 없이 겉모습에도 그대로 나타나게 되어 있다. 주름이 늘어가고 백발이 되고 허리가 굽고 하는 것 등이 그런 것들이다.

사람들은 이러한 외형적 노화에 대해 무척 민감하게 반응하면서, 화장이나 성형 등으로 그것을 가려 보려 안달이지만, 결국 이런 노력들은 임시방편일 뿐 궁극적인 답이 될 수 없다는 것을 모를 사람은 아무도 없다.

피할 수 없으면 즐기라고 하는 말이 이 경우처럼 절실하게 다가오는 경우도 드물 것이다. 나이 들며 늙는 것은 자연의 이치이다. 늙는 모습을 미워해 본들 무슨 소용이 있겠는가? 젊으면 젊은 대로 늙으면 늙은 대로, 그 모습을 사랑하는 것이야말로 삶의 지혜이다.

당唐의 시인 이백李白은 자신의 늙은 모습을 특유의 호방한 어투로 결코 침울하지 않게 그려낸다.

추포의 노래   秋浦歌

白髮三千丈
백 발 삼 천 장

緣愁似個長
연 수 사 개 장

不知明鏡裏
부 지 명 경 이

何處得秋霜
하 처 득 추 상

백발이 삼천 길이나 자랐으니

근심으로 그렇게 길어졌나

맑은 거울 속

어디서 가을 서리를 얻었는지 모르네

스토리   아주 특이한 경우를 제외하고, 흰머리를 좋아할 사람은 거의 없을 것이다. 더구나 흰머리가 길면 길수록 더 늙은 느낌이 들기 마련이다. 그래서 사람들은 보통 흰머리가 길게 자란 자신의 모습을 싫어한다.

어느 날 문득 자신의 모습에서 더부룩하게 자란 흰머리를 보게 되었을 때, 시인도 물론 그 모습이 싫었을 것이다. 그러나 시인은 싫은 감정을 여과 없이 드러내는 대신, 그것을 활용해서 호쾌한 장관을 연출해 낸다.

시인이 흰머리가 삼천 길이나 된다고 했을 때, 흰머리카락은 단순한 머리카락이 아니고 하나의 폭포로 변신한 것이다. 시인은 '망여산폭포望廬山瀑布'라는 시에서 폭포의 모습을 '삼천 척이나 하늘을 날아 떨어진다[飛流直下三千尺]'라고 표현한 바가 있는데, 여기서는 흰머리가 삼천 길로 자랐다고 함으로써 자연스럽게 흰머리를 폭포와 연계시킨 것이다. 폭포처럼 내려뜨려진 흰머리에서는 노쇠한 느낌 대신 도리어 힘찬 생동감을 느끼게 한다.

시사점 그러면 왜 흰머리가 이렇게 길게 자란 것일까? 시인은 그 이유를 근심이라고 설파한다. 근심이 얼마나 많고 컸으면 흰머리가 폭포처럼 삼천 길이나 자라 늘어뜨려질 수 있단 말인가? 시인 특유의 유쾌한 허풍이 아닐 수 없다. 근심 때문에 길게 자란 흰머리는 결코 반가운 존재는 아니지만, 시인은 이를 어둡거나 쓸쓸하게 묘사하지 않았다. 호쾌하고 재치 있는 비유가 쓸쓸함이나 비탄을 느끼게 하는 대신 절묘한 멋을 느끼게 한다. 시인의 백발에 대한 재치 있는 묘사는 이것이 끝이 아니었다. 밝은 거울 속을 들여다보니, 가을 서리가 하얗게 내려앉아 있는데, 그 서리를 도대체 어디서 얻어 온 것인지 모르겠다는 것이다.

늦가을이면 지천에 깔려 있는 서리이니만큼, 어딘지는 모르지만 그것을 얻어다가 머리에 두르고 있는 것이니, 대수로울 게 없다고 능청을 떠는 시인의 모습에서 늙음에 대한 비탄이나 쓸쓸함은 찾을 수 없다.

이별의 품격

회자정리會者定離요 거자필반去者必返이라고 했던가? 만나면 헤어지게 되어 있고 떠나가면 돌아오게 되어 있다. 사람의 일생은 만남과 헤어짐의 교직交織이라고 해도 결코 무리가 아닐 것이다.

일반 사람일지라도 이럴진대 사람과의 만남을 업으로 했던 기녀妓女는 더 이상 말할 필요가 없을 정도로 숱한 만남과 헤어짐을 겪을 수밖에 없는 숙명이었을 것이다.

만남과 헤어짐을 자주 하다 보면 만남도 헤어짐도 무덤덤해지기 쉽겠지만 간혹 예외적인 경우가 있기는 하다. 아무리 직업적으로 오는 손님을 맞는다 하더라도 간혹은 마음에 들어 정이 가는 사람이 있기 마련이다.

조선朝鮮의 시인 황진이黃眞伊는 기생이었지만 이별의 품격을 아는 낭만 가객이었다.

소세양을 보내며　奉別蘇判書世讓

月下庭梧盡 월 하 정 오 진	은은한 달빛, 뜨락 오동나무는 잎 다 떨어지고
霜中野菊黃 상 중 야 국 황	서리 맞은 들국화 노랗게 피었어요
樓高天一尺 누 고 천 일 척	누각은 하늘로 한 자나 높아지고
人醉酒千觴 인 취 주 천 상	사람은 취하였소, 술을 천 잔이나 마셨다오
流水和琴冷 유 수 화 금 냉	흐르는 물소리는 싸늘한 거문고 가락과 어울리고
梅花入笛香 매 화 입 적 향	매화나무 피리 소리에 젖어 꽃 없이도 향기로워라
明朝相別後 명 조 상 별 후	내일 아침 우리 서로 이별한 뒤에
情與碧波長 정 여 벽 파 장	헤어져도 마음일랑 저 푸른 강물처럼 길이 이어요

스토리　황진이는 기생이었지만 웬만한 남정네에게는 눈길조차 주지 않을 만큼 도도하였다고 전해진다. 그러니 일상적으로 찾아오는 손님들과 헤어지는 것은 이별이라고 간주하지도 않았을 것이다. 그러나 자신을 기생으로 찾은 것이 아니고 진정한 시우詩友로 여겨서 찾아온 사람과는 시로써 친교를 맺고 어떤 경우는 연인 사이로 발전하는 일도 있었다.

소세양의 경우가 바로 그러하였다. 시인과 소세양과의 만남은 아주 특별한 것이었고 따라서 이별 또한 특별할 수밖에 없었을 것이다.

우선 자연 풍광과 계절이 특별하였다. 달밤에 오동잎이 지고 서리 속에서 들국화가 피어 있는 늦가을은 뭔가 특별한 이별의 분위기를 연출하기에 충분하다.

다음으로는 이별의 시간과 장소가 특별하였다. 달빛이 휘황한 늦은 밤에 하늘에 거의 닿을 듯 높은 누각에서 이별의 의식이 진행되었던 것이다. 가장 특별한 것은 이별의 의식이었다. 보통 같으면 간단한 수인사 정도였겠지만 여느 손님들과는 다른 특별한 정인情人과의 이별이었기에 뭔가 특별한 의식이 필요했던 것이다.

둘 사이에 그간 쌓인 정의 크기와 이별의 고통의 깊이를 단적으로 말해 주는 것이 무려 천 잔이나 되는 엄청난 술의 양이다. 그리고 이별의 아쉬움을 달래기 위한 악기인 금琴과 적笛의 소리에 주변 자연 경관도 호응하는 것도 보통 있는 평범한 경우가 아니다. 물소리가 어우러진 금 소리가 차갑다거나 매화 향기가 스며들어 피리[笛]에서 향기로운 소리가 난다는 것이 그것이다.

시사점 평범한 사이인 사람들과의 이별은 그저 일상일 뿐 거기에 특별한 감회가 있기 어렵다. 그러나 마음으로 사랑한 정인과의 이별이라면 사정이 달라진다. 이별의 고통을 달래 주고 좋은 추억을 남기기 위해서는 뭔가 특별한 이별의 의식이 있어야겠지만 이것은 사람마다 상대에 따라 달라 질 수밖에 없을 것이다. 어느 경우에도 필요한 것은 바로 이별의 품격이다.

한시 속 인생을 묻다

겨울

눈과 방명록

배경 만약에 겨울에 눈이 없다면, 세상은 어떤 모습일까? 상상하기도 싫을 정도로 삭막하기 그지없을 것이다. 나뭇잎 모두 떨어져 잔가지에는 찬바람만 스칠 뿐인 빈 나무에 찾아온 눈은 반갑고도 귀한 꽃이 아닐 수 없다.

서리와 얼음으로 얼어 갈라진 땅바닥은 눈을 만나면 금세 포근한 모습으로 변신해 세상에서 가장 따뜻할 것 같은 이불이 되기도 한다. 그리고 밤새 마당을 덮은 흰 눈은 세상에서 가장 큰 화선지가 되기도 한다.

고려高麗의 시인 이규보李奎報에게 눈은 무엇이었을까?

눈과 방명록 雪中訪友人不遇

雪色白於紙
설 색 백 어 지

눈빛이 종이보다 더욱 희길래

舉鞭書姓字
거 편 서 성 자

채찍 들어 내 이름을 그 위에 썼지

莫敎風掃地
막 교 풍 소 지

바람아 불어서 땅 쓸지 마라

好待主人至
호 대 주 인 지

주인이 올 때까지 기다려 주렴

스토리 눈이 하얗게 세상을 덮은 날, 흥興이 동한 시인은 갑자기 친구가 보고 싶어졌다. 이는 동진 때 왕자유王子猷라는 사람이 큰 눈이 내린 밤, 문득 먼 곳에 사는 친구 대안도戴安道가 생각나, 급히 하인을 불러 배를 준비하게 하고 친구가 있는 곳으로 찾아간 장면을 연상시킨다. 왕자유는 친구 집에 거의 다 이르러서는 흥興이 다했다는 이유로 친구를 보지 않고 돌아와 버렸지만, 시인의 경우는 이와 달랐다. 시인은 친구의 집에 당도해서 친구를 찾았지만, 친구가 출타하고 집에 없었던 것이다. 보통 같으면 친구가 없는 것을 허탈해 하면서 그냥 돌아섰겠지만, 시인은 멀리 눈길을 무릅쓰고 만나러 온 친구가 집에 없다는 사실에 전혀 실망한다거나 아쉬워한다거나 하지 않았다. 도리어 담담한 기분이 되어, 친구의 집 마당에 쌓인 눈에 눈이 꽂히고 말았다.

친구에게 자신이 왔다 간다는 것을 어떻게 알릴까 궁리하던 찰나, 시인의 눈에 확 들어온 것이 바로 마당에 쌓인 눈이었다. 마침 남길 말을 써 놓을 종이를 생각하던 차였기에, 눈의 흰 빛깔은 곧바로 하얀 종이를 연상시켰다.

마당에 쌓인 흰 눈이 종이 노릇을 하려면, 거기에 들어맞는 붓도 필요할 터인데, 마침 벽에 걸린 채찍이 눈에 들어왔다. 채찍을 들어 이름 석 자를 쓴 시인은 유유히 친구 집을 나서서 자신의 집으로 돌아왔다.

친구가 돌아올 때까지 바람이 불어 눈 위의 이름을 지우는 일이 없기를 바라면서 말이다. 이 시에서 시인의 풍류는 앞의 왕자유 못지않다고 할 것이다.

시사점 겨울에 눈이 내리는 것은 극히 자연스럽다. 이 눈을 보고 사람들이 자기 나름의 생각을 하는 것 또한 자연스럽다. 이왕이면 눈을 보고 따스함, 포근함, 여유로움 같은 말을 떠올리면 좋으련만, 세상은 꼭 그런 것만도 아니다.

감성메모

어느 소년의 눈 노래

배경 겨울 세상을 특별한 것으로 만들어 주는 마법사인 눈을 보고도 아무런 감흥이 없는 사람이 있겠냐마는, 눈을 보고 가장 마음이 설레는 사람은 아마도 어린아이일 것이다. 그러나 어린아이는 눈을 무척 좋아하긴 하지만 그 것을 시로 읊어내기는 쉽지 않을 것이다. 그것도 작시 규칙이 엄격한 한시라면 더더욱 어려울 것이다.

이런 의미에서 아홉 살 난 어린이가 지은 눈에 관한 한시를 보는 것은 희귀한 일이 될 터인데, 여기 그 주인공 어린아이가 있으니 조선朝鮮의 시인 정창주鄭昌冑 가 바로 그 사람이다. 그의 영설詠雪이라고 이름 붙인 시를 보기로 하자.

눈을 노래함   詠雪

不夜千峯月
불 야 천 봉 월

아직 밤 아닌데 봉우리마다 달이요

非春萬樹花
비 춘 만 수 화

봄 아니지만 나무마다 꽃이 피었네

乾坤一點黑
건 곤 일 점 흑

천지에 오직 한 점 검은 빛은

城上暮歸鴉
성 상 모 귀 아

성 위에 저물녘 돌아가는 까마귀 한 마리

스토리 아홉 살 철없던 어린 시절 시인은 어느 겨울날 대설大雪을 마주하였다. 삭막하기만 하던 겨울 천지가 아름답기 그지없는 순백의 공간으로 바뀐 것을 보고 어린 시인의 시심詩心은 더 이상 잠재하고만 있지는 않았다.

선천적으로 타고난 재주에다 후천적 노력이 더해져 만들어진 시인의 시적 능력이 비로소 발현되는 순간이었다. 시인은 소복이 쌓인 눈에서 발하는 은은한 빛을 보고 밤에 뜨는 달을 연상하였다. 멀리 보이는 수많은 산봉우리들에 모두 달이 떠 있는 것으로 보였던 것이다. 밤이 아닌데도 말이다.

이뿐만이 아니었다. 주변에 있는 모든 나무마다 꽃이 피어 있는 것으로 보였다. 봄이 아닌 데도 말이다. 밤이 아닌데 달이 뜨고, 봄이 아닌데 꽃이 피었다고 눈 내린 풍광을 읊은 시인의 나이가 고작 아홉 살이었다는 것이 믿겨지지 않을 만큼 성숙하고도 절묘한 표현이 아닐 수 없다.

달에 비유해 은은하고 밝은 눈빛을 묘사했고, 봄꽃에 빗대어 눈의 아름다움을 말한 시인은 마지막으로 눈의 새하얀 빛깔을 묘사하고자 하였는데, 이 장면에서 시인의 재기는 극에 달한다. 성 위에 앉은 까마귀 한 마리가 세상에 있는 유일한 검은 색이라고 읊은 것이다. 흰 것을 드러내기 위해 검은 것을 보여 주는 역발상은 천재가 아니고는 생각해내기 어려울 것이다.

시사점 춥고 삭막한 겨울날, 소복이 쌓인 흰 눈은 사람들에게 커다란 위안이 될 것이다. 눈을 보고 세상의 모든 아름다운 것들을 연상해 보고, 그것을 글로, 그림으로, 노래로 표현한다면, 그 삶은 참으로 아름다워질 것이다.

눈이 개고

배경 겨울의 꽃이라고 할 수 있는 눈은 펑펑 내릴 때도 장관이지만, 그치고 해가 다시 났을 때의 모습은 가히 환상적이라고 할 수 있다. 조금은 음산하고 침울했던 겨울의 모습은 눈을 통해 순진무구하고 청정한 세계로 극적인 탈바꿈을 한다. 산은 산대로, 들은 들대로, 눈과의 찰떡궁합을 자랑하곤 하는데, 여기에 갓 씻어낸 햇빛이 내려앉으면 눈은 세상의 어느 보석도 따라오지 못할 만큼 찬란하다.

조선朝鮮의 시인 변계량卞季良은 눈이 그친 뒤의 풍광에 흠뻑 도취하였다.

눈이 개다 雪晴

風急雪花飄若絮
풍 급 설 화 표 야 서
바람 급하니 눈꽃은 솜처럼 날리고

山晴雲葉白於綿
산 청 운 엽 백 어 면
산에 눈이 개니 구름 잎사귀 솜보다 더 희구나

箇中莫怪無新句
개 중 막 괴 무 신 구
와중에 새로 지은 시 없음을 이상히 여기지 말라

佳興從來未易傳
가 흥 종 내 미 이 전
예부터 좋은 흥취 쉽게 전하지 못한다 하네

스토리 눈이 내린 뒤의 세상은 그전과 확연히 다르다. 눈 내린 세상은 온통 눈 중심으로 돌아간다. 눈이 없을 때 바람에 날리는 것은 삭막한 먼지일 뿐이지만, 눈이 오고 난 뒤로는 사정이 완전히 달라진다. 겨울인지라 눈을 씻고 봐도 보이지 않던 꽃들이 사방천지에 지천으로 깔려 있어서, 바람이라도 급하게 불면 그 모습이 마치 새로 타 놓은 솜과 같다. 이른바 설화雪花가 바로 이것이다.

눈이 내리다가 날이 개고 나면, 산 위를 나는 구름도 여느 때와는 많이 다르다. 하나의 나뭇잎이 되어 하늘을 나는데 그 빛깔이 솜보다도 하얗다. 땅에 날리든 하늘을 날든 시인의 눈에 눈은 솜으로 보인다. 표표히 나는 거며, 하얀 거며 눈은 그대로 솜인 것이다.

눈이 개고 난 뒤 이처럼 황홀한 광경이면 사람들은 무조건 시가 나올 것으로 기대하지만, 막상 이러한 광경을 직접 목도한 시인은 의외로 입이 떨어지지 않는다. 할 말을 잊었다고나 할까? 그러나 시인도 할 말은 있다. 본인만이 아니고 옛날부터도 이렇게 훌륭한 풍광 앞에서 제대로 된 흥취를 표현한 사람은 없었지 않은가 말이다.

이 장면은 동진의 도연명陶淵明이 저녁 산의 황홀한 모습을 보고 할 말을 잊었다[欲辯已忘言]고 한 것을 떠올리게 한다.

시사점 삭막한 겨울을 포근하고 아름답게 만드는 것은 눈이다. 눈은 곤궁하고 추운 겨울에 삶의 활력소가 아닐 수 없다. 비록 물질적으로 당장 도움이 되는 것은 아니지만 정서적으로는 큰 도움이 되곤 한다. 산이고 들이고 할 것 없이 눈을 만났다 하면, 그 모습은 알아볼 수 없을 정도로 바뀌곤 한다. 종래의 시인 묵객들은 이 황홀한 광경에 무수한 미사여구를 가져다 붙였지만 아직도 흡족한 것이 없다. 아니 처음부터 있을 수가 없었다고 보는 것이 옳을 것이다. 눈 내리고 난 뒤의 겨울 풍광은 사람의 언어로 감당하기에는 그 흥취가 너무도 깊고 크다.

감성메모

첫눈

배경 살면서 만나는 기후 현상 중에 첫눈만큼 사람을 설레게 하는 것을 찾기는 쉽지 않을 것이다. 늦가을 땅은 낙엽이 서리에 엉키고 사람 발에 밟히고 하여 스산하면서도 지저분한 느낌을 주고 고개를 들어 보면 나뭇잎은 모두 지고 앙상한 가지만 남아 황량하기 그지없다. 이렇게 지저분하고 스산하고 황량한 늦가을 분위기를 단박에 전혀 다른 느낌의 분위기로 바꿔 버리는 것이 바로 첫눈이다.

지저분한 낙엽으로 칙칙한 느낌이던 땅은 새하얀 눈이 쌓여 졸지에 세상에서 가장 깨끗하고 순결한 모습으로 둔갑하고 나뭇잎 하나 달리지 않아 황량하던 나뭇가지에는 갑자기 하얀 눈꽃이 피어나는 것이다.

조선朝鮮의 시인 이숭인李崇仁은 어느 해 산속에서 첫눈을 만났다.

첫눈 新雪

蒼茫歲暮天 창 망 세 모 천	세모의 하늘 파랗고 아득한데
新雪遍山川 신 설 편 산 천	첫눈이 산천에 두루 내리네
鳥失山中木 조 실 산 중 목	새는 산속 둥지를 잃고
僧尋石上泉 승 심 석 상 천	스님은 바위 위의 샘을 찾는다
饑鳥啼野外 기 조 제 야 외	굶주린 새들은 들판에서 울고
凍柳臥溪邊 동 류 와 계 변	얼어버린 버드나무 개울가에 누웠네
何處人家在 하 처 인 가 재	어디쯤에 인가가 있는가
遠林生白煙 원 임 생 백 연	먼 숲속에 흰 연기 피어오른다

스토리 한 해가 저물어가는 초겨울의 하늘은 가리는 나뭇잎 하나 없이 파랗게 아득히 탁 트여 황량한 모습이다. 아무것도 없던 초겨울 하늘에 갑작스럽게 귀한 손님들이 나타났다. 그것도 무더기로 나타났는데 다름 아닌 그해 겨울 들어 처음 내리는 눈이었다. 느닷없이 공중에 나타난 첫눈은 이내 땅으로 내려앉았다. 메마른 낙엽만이 나뒹굴어 쓸쓸했던 대지는 이곳저곳 할 것 없이 금세 순결한 은색 옷으로 갈아입어 조금 전과는 전혀 다른 모습을 연출하였다.

특히 산속은 나무며 바위가 순식간에 눈에 뒤덮여 무차별의 공간이 되어버렸다. 그래서 새는 자기 둥지가 있는 나무를 잃어버렸고 절 안의 우물마저 눈에 묻혀 스님은 하는 수 없이 바위 꼭대기 샘물을 찾아야만 했다. 먹이가 눈에 묻혀버려 굶주린 새들은 들 밖에서 울부짖었다. 갑자기 눈덩이를 뒤집어쓴 버드나무는 눈 무게를 못 이겨 그만 냇물 가로 쓰러지고 말았다. 사람 사는 집도 눈 속에 파묻혀 찾을 수 없는데 굴뚝에서 나는 연기를 보고 겨우 알아낼 수 있을 뿐이다. 모두가 눈에 묻혀 버린 것이다.

시사점 첫눈이 오면 사람들은 설레는 기분을 느끼기 쉽지만 기실 첫눈은 꼭 낭만적인 것만은 아니다. 황량한 허공을 일순간에 하얀 꽃으로 수놓고 삭막하고 지저분한 대지를 순식간에 순결한 설국으로 변모시키는 낭만적인 첫눈이지만 대지 위에서 생명을 영위하는 생명체들에게 첫눈은 큰 재앙일 수도 있다.

어떤 경우이든 첫눈은 사람으로 하여금 대자연의 경이로움을 깨닫게 하는 가장 선명한 자연 현상이다. 이런 의미에서 첫눈은 설렘이면서 동시에 경외敬畏인 것이리라.

감성메모

배경   동지冬至는 24절기 중 22번째 절기로 한 해 중 낮이 가장 짧고 밤이 가장 긴 날이다. 그래서 선인들은 동지를 한 해의 마무리이자 또 한 해의 시작으로 간주하였다. 양력으로 12월 21일이나 22일과 겹치는 동짓날이면 집집마다 팥죽을 쑤곤 하였다.

선인들이 동짓날 팥죽을 쑨 의도는 한 해를 마무리하면서 또 한 해를 시작하면서 집안의 부정한 기운을 몰아내고자 함이었다. 왜냐하면 팥죽의 붉은 빛깔에 악귀를 예방하는 벽사의 의미가 있다고 보았기 때문이다.

팥죽이 다 되면, 먼저 사당에 올려 동지 고사를 지내고, 방과 장독, 헛간 등 집안 구석구석에 두었다가, 다 식고 나면 집안 식구들이 둘러앉아 나누어 먹었다.

고려高麗의 시인 이색李穡도 예외 없이 동짓날 팥죽을 쑤어 먹었던 듯하다.

팥죽 豆粥

冬至鄕風豆粥濃
동 지 향 풍 두 죽 농

나라 풍속 동지에, 콩팥죽 짙게 쑤어

盈盈翠鉢色浮空
영 영 취 발 색 부 공

비췻빛 주발에 그득 담으니 빛깔이 공중에 뜨는구나

調來崖蜜流喉吻
조 래 애 밀 류 후 문

언덕에서 딴 꿀을 섞어 목구멍에 넘기면

洗盡陰邪潤腹中
세 진 음 사 윤 복 중

삿된 기운 다 씻어내어 배 속을 따뜻하게 하네

스토리 동짓날 팥죽을 쑤어 먹는 것은 시인의 고향 마을에서 오래전부터 내려오는 풍습이다. 그래서 동지를 맞이하여 시인의 집에서도 가마솥에 팥죽을 한 솥 가득 진하게 쑤어냈다.

평소에도 끓여 먹는 팥죽이지만, 동짓날 팥죽이 유독 진한 것은 아마도 집안이 무탈하고 화목하기를 바라는 마음이 간절하기 때문일 것이다. 팥죽이 진하면 진할수록 붉은 빛깔은 더 짙어지기 마련이다. 정성 들여 끓인 이 붉디붉은 팥죽을 평소 식사를 하는 그릇에 담을 수는 없는 노릇이다. 그래서 집안 한쪽에 고이 모셔 두었던 비췻빛 주발에 한 그릇 가득 담아내 놓았던 것이다.

팥죽을 그릇에 가득 담은 것 또한 벽사에 대한 바람이 그만큼 크기 때문이다. 여기에 붉은빛과 짙은 녹색의 비췻빛으로 빛깔까지 음양의 조화를 꾀하였으니 그 정성이 눈에 보이는 듯하다. 팥죽을 가득 담은 주발의 비췻빛에 대비되어 팥죽의 붉은빛은 마치 공중으로 떠오르는 듯이 보여 신비로운 분위기를 자아내기에 충분하였다.

귀하게 쑨 팥죽이기에 먹는 방법도 평범하지 않았다.

여느 죽을 먹듯이 후루룩 먹는 게 아니라, 깎아지른 절벽 끝에서 따온 귀하디귀한 꿀을 섞어서 입술과 목구멍으로 흘려 내리는 방식을 취했다. 흐르는 강물에 온갖 더러운 것들이 씻겨 내려가듯, 꿀을 탄 팥죽이 목구멍을 타고 흐르면서 온갖 악한 기운을 씻어낸 것이다. 마침내 따끈한 팥죽이 배 속에 이르자, 차가웠던 배 속은 춘삼월 훈풍을 만난 듯이 금방 따뜻해졌다.

시사점 극즉반極則反이란 말이 있듯, 이 세상의 모든 현상은 끝이 있게 마련이고, 끝에 이르면 다시 처음으로 돌아가게 되어 있다. 해도 짧아지다 보면 언젠가 그 극極에 이르는데, 바로 이 날이 동지이다. 그래서 동지는 한 해의 끝이자 동시에 또 한 해의 시작이다. 이런 의미 깊은 날에 붉고 따끈하게 팥죽을 쑤어 집안 곳곳에 있는 나쁜 기운을 몰아내고, 가족끼리 둘러앉아 나누어 먹는 것은 결국 또 한 해를 힘차게 살아내기 위한 에너지를 충전하는 것에 다름 아니다.

감성메모

농가에서의 새해 첫날

배경 　사람들이 세월이 빠름을 가장 극적으로 느끼는 시간은 아마도 묵은해의 마지막 날과 새해 첫 날 사이의 시간일 것이다.

　입으로 남은 초를 열부터 외치다 마침내 영에 이르면 이미 해가 바뀌어 버리고 말았으니 신기하기도 하고 허무하기도 하다.

　나이에 따라서 그리고 자신의 여러 가지 처지에 따라서 느낌은 다르겠지만 사람들은 새해 아침이면 뭔가 새로운 결심을 하기도 하고 소망을 빌기도 한다.

　시골 농가에서 새해를 맞은 당唐의 시인 맹호연孟浩然도 예외는 아니었다.

시골 농가의 정월 초하루 田家元日

昨夜斗回北
작 야 두 회 북
어제 저녁 북두가 북에서 돌다

今朝歲起東
금 조 세 기 동
오늘 아침은 새해가 동에서 뜬다

我年已强仕
아 년 이 강 사
내 나이는 이미 마흔 살인데

無祿尚憂農
무 녹 상 우 농
벼슬 없이 아직 농사일 걱정한다

桑野就耕父
상 야 취 경 부
뽕나무 들판에 농부에게 나가고

荷鋤隨牧童
하 서 수 목 동
호미를 메고 목동 따라 나선다

田家占氣候
전 가 점 기 후
농가마다 모두 날씨를 점쳐 보고는

共說此年豐
공 설 차 년 풍
모두가 올해는 풍년이라 말한다

스토리 시인이 기거하는 곳은 시골 농가인지라 밤이면 유난히 별이 밝게 보일 수밖에 없다.

밤하늘의 수많은 별들 중에 유독 시인의 눈을 사로잡은 것은 다름 아닌 북두성이었고 이 별이 북쪽으로 돌아 넘어가는 모습이 선명하게 보였다.

그렇게 밤이 지나고 아침이 되자 동편으로 새해가 솟아올랐다.

새로운 한 해가 시작된 것이다. 시인은 문득 자신의 나이가 벌써 사십 살이 되었음을 깨달았다.

아무리 늦더라도 나이 사십에는 관직에 나가야 되지만 시인은 여전히 농사를 걱정해야 하는 처지에 놓여 있다.

그렇다고 시인이 자신의 신세를 비관하는 것은 아니다. 도리어 농부로 살면서 달관의 경지를 보여 준다.

들판의 뽕밭에 나가 농부들과 인사를 나누고, 호미 메고 목동을 따라 나서 농사일을 하고, 올 농사가 어떨지 새해 날씨를 점치기도 하는 것은 모두 시인이 이미 세속적 삶에서 초탈했음을 잘 보여 준다.

새해가 되면 사람들은 보통 자신의 지난 삶을 돌아보고 앞으로 닥칠 삶은 지금까지보다 어떤 식으로든 나아지기를 소망한다.

시사점 새해 아침에 명예와 돈으로 집약되는 출세에 대한 집착은 도리어 삶을 공허하게 만드는 요인이 됨을 깨닫는다면 그 이후의 삶은 한결 여유로워질 것이다.

감성메모

꿈길

배경 겨울밤은 길고 길다. 걱정거리가 많아 잠 못 드는 사람에게 긴 밤은 통과하기 힘든 인고忍苦의 터널이다.

걱정거리가 어떤 것이든 다 고통스럽기 마련이지만, 그중에서도 가장 고통스러운 것은 간절히 그리운 사람을 기다리는 일일 것이다.

어디서 무얼 하는지, 언제 돌아올지 아무것도 확실한 것이 없는 상황에서 막연히 누군가를 기다린다는 것은 겪어 보지 않고는 그 고통을 상상하기가 어려울 것이다.

그리운 마음과, 행여나 낯선 곳에서 고생이나 하지 않을까 하는 걱정과, 기다려도 기다려도 오지 않는 사람에 대한 초조함이 합쳐져서 그야말로 잠 못 드는 밤이 되고 만다. 이런 때 가장 요긴한 것이 있으니 바로 꿈이다.

잠이 들어야 꿈도 꾸는 법이니, 긴 밤 내내 잠 못 들다 새벽녘 얼핏 잠든 사이 꿈이라도 꿀 수 있다면 그나마 얼마나 다행인가?

조선朝鮮의 시인 이옥봉李玉峰은 이런 꿈을 자주 꾸었던 듯하다.

스스로 짓다　自述

近來安否問何如 근 래 안 부 문 하 여	요즘의 안부를 묻사오니 어떠하온지요
月到紗窓妾恨多 월 도 사 창 첩 한 다	달빛 비단 창 들어오면, 한이 많아져요
若使夢魂行有跡 약 사 몽 혼 행 유 적	꿈속의 혼백이 걸어서 흔적 남았다면
門前石路便成沙 문 전 석 로 편 성 사	문 앞 돌길이 곧 모래가 다 되었겠지요

스토리 시의 주인공은 젊은 여성으로, 멀리 떠나서 소식이 끊긴 정인의 안부가 무척이나 궁금하지만 어디도 물을 곳이 없다. 그저 자신에게 묻고 스스로가 답하고 할 뿐이었다.

이런 주인공에게 겨울밤은 너무나 길게 느껴졌다. 특히 달빛이 비단 휘장 두른 창으로 들어올라치면, 주인공의 한은 걷잡을 수 없이 많아졌다.

정인이 집을 떠난 지 한참 되었지만, 주인공의 방은 여전히 정인과 달콤한 시간을 보내던 때의 모습 그대로 창문에 로맨틱한 비단 휘장이 드리워져 있었다.

그 사이로 찾아온 달빛도 정인과 함께 보던 그 달빛이었다. 비단 휘장도 달빛도 자신도 다 그대로지만, 유독 정인만 어디론가 떠나서 보이지 않으니, 이런 밤이면 그에 대한 그리운 정이 더욱 간절하였다.

그때마다 꿈을 꾸었고, 꿈속에서 정인이 계신 집을 찾아가곤 하였다. 어찌나 자주 갔던지 그 집 대문 앞 돌길이 닳고 닳아 모래가 됐다니, 이 과장된 표현이 사람의 심금을 울린다.

시사점 길고 긴 겨울밤 그리움과 걱정에 잠 못 드는 사람이라면 차라리 힘껏 잠을 잘 일이다. 그래야만 꿈을 꿀 수 있고, 꿈을 꾸어야 정인을 찾아갈 수 있다. 문밖 돌길이 다 부수어져 모래가 되도록 말이다.

감성메모

눈경치

배경 겨울에 눈이 없다면, 가뜩이나 추운 날씨에 얼마나 마음이 움츠러들까? 그리고 낙엽마저 사라진 산야는 얼마나 삭막할까?

자고 일어나서 방문을 열었을 때, 마당에 하얀 눈이 소복이 쌓여 있는 모습이 눈에 들어오면, 사람들은 포근함과 순결함과 풍성함을 느끼곤 한다.

산과 들을 하얗게 덮어버린 눈을 보면 사람들은 대자연의 장엄함에 숙연해진다.

그러나 가끔은 이런 눈을 보고도 전혀 다른 생각을 하는 사람도 있다. 독특한 개성의 소유자였던 조선朝鮮의 시인 김삿갓炳淵은 산을 뒤덮은 장엄한 눈 풍경을 보고도 특유의 해학 기질을 유감없이 발동하였다.

눈경치   雪景

天皇崩乎人皇崩
_{천 황 붕 호 인 황 붕}   천황 씨가 죽었나 인황 씨가 죽었나

萬樹青山皆被服
_{만 수 청 산 개 피 복}   나무와 청산이 모두 상복을 입었네

明日若使陽來弔
_{명 일 약 사 양 내 조}   밝은 날에 해가 찾아와 조문한다면

家家簷前淚滴滴
_{가 가 첨 전 누 적 적}   집집마다 처마 끝에서 눈물 뚝뚝 흘리겠네

스토리 세속적 관점에서 가장 존귀한 존재는 뭐니뭐니 해도 황제일 것이다. 시인의 말로는 황제는 하늘에도 있고, 땅에도 있다.

이 존귀한 존재인 황제가 죽는[崩] 일처럼 슬픈 일은 세상에 없을 것이고, 그래서 그분의 자손인 온갖 나무와 푸른 산에게 모두 상복喪服을 입힌 것이 설경이라고 시인은 너스레를 떤다.

상복의 빛깔이 하얗기 때문에 이러한 비유를 끌어온 것이겠지만, 산에 눈이 쌓인 모습을 슬픈 이미지의 상복에 빗대는 발상은 아무나 할 수 있는 것이 아니다.

자칫 시의 분위기가 침울해질 것이기 때문이다. 그러나 이 시 어디에서도 침울함을 찾아볼 수 없다.

누가 보아도 금세 눈치 챌 수 있는 과장법의 구사로 침울함은커녕 유쾌한 웃음을 유발시키고 있는 것이다. 과연 해학과 풍자의 천재 김삿갓이다.

시인의 눈경치에 대한 해학적 접근은 이에 그치지 않고 한 걸음 더 나가고 있다.

하늘과 땅에서 가장 존귀한 존재가 세상을 폈으니, 거물들의 문상이 줄을 이었을 것이고, 그중에는 거물 중의 거물 해도 포함돼 있었다.

그 해가 나타나자 그것을 신호로 하여 집집마다 일제히 처마 앞에서 눈물을 뚝뚝 떨구면서 곡을 한다.

시사점 눈 쌓인 데 해가 떠서 눈이 녹는 모습을 이렇게 말한 것이다. 마치 한편의 동화 같은 설정으로, 눈이 쌓이고 녹는 모습을 해학적으로 그려낸 시인의 솜씨가 참으로 탁월하다.

감성메모

산골의 겨울 매화

배경　조선의 시인 신흠申欽은 그의 시 야언野言에서 '매화는 일생을 춥게 살아도 향기를 팔지 않는다[梅一生寒不賣香].'라고 읊은 바 있다.

이에서 알 수 있듯이, 매화는 겨울을 대표하는 꽃으로 기품과 동시에 지조를 상징한다.

세한삼우歲寒三友 중 소나무와 대나무가 겨울을 견디어 낸다면 매화는 겨울을 달래고 어루만지어 아무 일 없이 지나가게 한다고 할 수 있다.

매화의 은근한 향기에 사나운 겨울은 나긋나긋 봄에 자리를 양보하고, 그래서 결국은 꽃의 계절 봄이 도래하게 된다.

송宋의 시인 임포林逋는 겨울 해질 무렵 산촌에서 우연히 매화와 맞닥뜨렸다.

산원소매 山園小梅

眾芳搖落獨暄姸 _{중 방 요 락 독 훤 연}	온갖 꽃은 떨어져도 홀로 화사하고 고와
占盡風情向小園 _{점 진 풍 정 향 소 원}	풍정 모두 차지하고 작은 동산에 있네
疎影橫斜水淸淺 _{소 영 횡 사 수 청 천}	얕고 맑은 물에 성긴 그림자 드리우고
暗香浮動月黃昏 _{암 향 부 동 월 황 혼}	황혼의 달빛 아래 은은한 향기 떠오르네
霜禽欲下先偸眼 _{상 금 욕 하 선 투 안}	겨울새는 내려앉으려 먼저 살피고
粉蝶如知合斷魂 _{분 접 여 지 합 단 혼}	흰 나비 그 향기 알아 만나자 혼미하네
幸有微吟可相狎 _{행 유 미 음 가 상 압}	다행히 조용히 시 읊으며 친할 수 있으니
不須檀板共金尊 _{불 수 단 판 공 금 존}	어찌 노래와 술이 반드시 필요하리오

스토리 매화는 다른 꽃이 모두 지고 나서야 비로소 꽃을 피운다.

겨울 풍정을 온통 차지하고 매화는 작은 정원에 있는 것이다. 어떻게 보아도 곱지만, 맑고 얕은 연못 물에 비스듬히 비친 매화의 성긴 가지의 자태는 고혹 그 자체이다.

그러나 매화의 매력은 자태에만 국한된 것은 결코 아니다. 해 지고 달이 떠오를 즈음 공중에 은은히 떠도는 매화 향기는 매화의 또 다른 치명적 매력이 아닐 수 없다.

이처럼 매혹적인 매화의 자태와 향기는 사람만이 즐길 수 있는 것은 아니다.

겨울 하늘을 날던 새도 날다가 매화가 눈에 띄면 내려앉고 싶어서 주변을 흘끔흘끔 보곤 한다. 그리고 흰 나비는 평소 매화 향기가 그윽함을 익히 알고 있는 듯, 매화를 만나자마자 그 황홀함에 빠져 정신이 아득해진다. 사람이 매화와 가까워지는 데 필요한 것은 술도 노래도 아니요 오로지 나지막한 읊조림만 있으면 되니 여간 다행스러운 게 아니다.

시사점 삭막한 겨울을 달래어 보내고 봄을 맞이할 채비를 하는 꽃이 매화이다. 기개와 지조의 상징이면서 동시에 고고한 아름다움의 왕자이기도 한 매화를 관상하면서 흐트러진 마음을 다잡아보는 것은 겨울에만 누릴 수 있는 호사이다.

감성메모

겨울밤

배경 늦가을 낙엽이 여기저기 흩날리면 쓸쓸한 분위기는 최고조에 달한다. 그러나 낙엽마저 사라져 버린 겨울에는 쓸쓸함보다 더 견디기 힘든 적막함이 밀려들게 마련이다.

모든 것이 사라져 버린 적막함을 극적으로 보여 주는 것이 바로 집 마당이다. 나무는 잎이란 잎이 모두 떨어져 텅 비었고, 낙엽마저도 쓸려가 보이지 않는 마당을 바라보는 심정은 어떠할까?

조선의 시인 황경인黃景仁은 겨울밤에 텅 빈 마당을 보며 감회에 젖었다.

겨울밤 冬夜

空堂夜深冷
공 당 야 심 냉

텅 빈 집 밤 되니 더욱더 썰렁하여

欲掃庭中霜
욕 소 정 중 상

뜰에 내린 서리나 쓸어 보려 하였다가

掃霜難掃月
소 상 난 소 월

서리는 쓸겠는데 달빛 쓸어내기 어려워

留取伴明光
유 취 반 명 광

그대로 밝은 빛과 어우러지게 그냥 남겨 두었네

스토리 시인이 머무는 집이 텅 빈 것은 겨울만이 아니었을 테지만 춥고 낙엽마저 사라진 겨울인지라 텅 빈 느낌이 더욱 도드라졌을 것이다. 거기다가 밤이 되니 날은 몹시 추워졌고 그래서 시인 홀로 있는 집이 더욱 허전하게 보였을 것이다.

공허함을 못 이긴 시인은 마침내 자리를 털고 일어나 마당으로 나갔다.

마당을 쓸어 볼 생각이었지만 마당에는 딱히 쓸 만한 것이 없었다.

왜냐하면 나무에서 떨어진 나뭇잎은 이미 쓸어낸 지 오래되었기 때문이다. 그런데 유심히 보니 시인의 눈에 띄는 게 있었다. 바로 하얗게 내린 서리였다.

시인은 빗자루를 들고 서리를 쓸려고 하다가 문득 멈추었다. 마침 서리에 달빛이 비치고 있었는데, 가만히 생각해 보니까 서리를 쓸어 낸다고 해서 그 위에 비치는 달빛이 쓸릴 리는 없었다.

달빛만 놔두고 서리를 쓸어 내면 달빛은 어울릴 상대를 잃어버리게 되는 것이니, 얼마나 쓸쓸할 것인가? 생각이 이에 미치자, 시인은 서리 쓸기를 하지 않기로 하였다. 동병상련이라고나 할까? 자신이 쓸쓸한 처지이기 때문에 어울릴

짝을 잃은 달빛의 쓸쓸함을 누구보다도 더 잘 알고 있다고 보아야 할 것이다.

적막하기 그지없던 겨울밤의 마당은 이제 더는 적막하지 않다.

차갑긴 하지만 서리도 엄연히 시인을 찾아온 손님이고, 공중에서 비치는 달빛도 반가운 손님이다.

자칫 천덕꾸러기 대접을 받을 뻔했던 서리가 한순간에 귀한 존재가 된 것은 바로 달빛 때문이고 동시에 시인의 빼어난 감성 덕이기도 하다.

시사점 나뭇잎마저 모두 사라진 겨울은 적막하기 쉽다. 그러나 겨울 풍광도 가만히 따스한 눈으로 바라보면, 얼마든지 정감이 있을 수도 있음을 알아야 한다.

감성메모

겨우살이

배경 흔히 농사짓는 사람들에게 겨울철은 일이 없는 휴식 철로 인식된다. 그러나 잘 들여다보면, 직접적인 농사일이 아니라서 그렇지, 이런저런 일들이 널려 있는 것이 겨울철이다.

험난한 겨우살이를 위해서 할 일도 있고, 봄 농사에 대비해서 할 일도 있게 마련이다.

고려高麗의 시인 김극기克己는 겨울철의 일들을 속속들이 잘 알고 있었던 듯하다.

겨울 冬

歲事長相續 _{세 사 장 상 속}	해마다 일이 계속 이어지니
終年未釋勞 _{종 년 미 석 노}	연말이 되어도 일은 끝이 없네
板簷愁雪壓 _{판 첨 수 설 압}	판자로 된 처마는 눈에 눌려 걱정이고
荊戶厭風號 _{형 호 염 풍 호}	사립문은 바람에 삐거덕거리는 게 걸리네
霜曉伐巖斧 _{상 효 벌 암 부}	서리 내린 새벽엔 산비탈의 나무도 베어 오고
月宵乘屋綯 _{월 소 승 옥 도}	달밤엔 이엉 새끼도 꼬아야 하네
佇看春事起 _{저 간 춘 사 기}	기다리다 보면 봄 일이 시작되니
舒嘯便登皐 _{서 소 편 등 고}	천천히 휘파람 불며 언덕에 올라 볼까

스토리 가을 수확이 끝나면 한 해 일이 마감된 것으로 간주하는 경우가 많지만 시인의 생각은 달랐다.

한 해 일은 끝나는 일이 없이 계속 지속된다. 한 해가 끝나 가는 세모라 해도 예외가 아니다. 일을 한시도 놀 수 없는 것이다.

판자를 허술하게 엮어 만든 처마는 큰 눈에 대비해서 손을 봐 둬야 하고, 가시나무를 얽어 만든 사립문은 겨울 칼바람이 닥치면 삐걱거릴 테니, 역시 미리 단단하게 묶어 놓아야 한다.

이뿐만이 아니다. 땔감도 미리미리 마련해 두어야 하고, 이엉을 이을 새끼줄도 꼬아 놓아야 한다.

그래서 새벽에도 달밤에도 쉴 사이가 없다. 그러니 겨울이 한가한 철이라고 결코 말할 수 없을 것이다.

이렇듯 바쁘게 겨울을 지내면서 기다리다 보면, 어느새 봄 농사가 성큼 코앞에 다가오게 되어 있다.

그렇다고 시인이 바쁜 생활에 얽매여 있던 것만은 아니었다. 바쁜 겨울 생활을 하면서 느끼는 감회를 느릿하게 휘파람을 불면서 언덕에 올라 읊조리는 여유도 잊지 않았다.

농사짓는 사람들에게 일 년 사계절은 각기 나름의 일거리로 늘 분주하다. 겨울이라고 예외는 아니다.

시사점 추운 날들을 무사히 나기 위해서는 분주히 몸을 움직여야 하기 때문이다. 한 가지 명심할 것은 사람은 늘 부지런히 살아야 함과 동시에 삶을 돌아보는 여유를 가져야 한다는 사실이다.

되돌아봄과 감회의 읊음이야말로 삶의 윤활유가 아닐 수 없다.

감성메모

겨울 소나무

배경 겨울이 되면 나무는 가지마다 잎이 다 떨어져 텅 비게 되는데, 이로 말미암아 겨울은 삭막하게 느껴진다.

푸른 나뭇잎이 사라지면 거무튀튀한 나뭇가지만 남게 되어 무채색의 겨울이 되기 십상이지만 여기에도 구세주는 있게 마련이다.

소나무가 바로 무채색 겨울의 구세주이다.

세상이 온통 녹색인 철에는 눈에 잘 띄지 않았지만 녹색이 사라진 겨울에 비로소 그 진가를 발휘하는 것이 소나무이다.

조선朝鮮의 시인 민정중閔鼎重에게도 겨울의 꽃은 소나무였다.

고송 孤松

獨立倚孤松 _{독 립 의 고 송}	홀로 서서 소나무에 기대어 서니
北風何蕭瑟 _{북 풍 하 소 슬}	북풍은 어찌 그렇게도 소슬한가
霜露且相侵 _{상 로 차 상 침}	서리와 이슬이 서로 부딪히니
爲爾憂念切 _{위 이 우 념 절}	너를 위한 근심스러운 생각 간절하다
貞心良自苦 _{정 심 량 자 고}	곧은 마음은 정말로 절로 괴롭고
久有凌寒節 _{구 유 릉 한 절}	추위를 이기는 절개 오랫동안 있었다.
勖哉保歲暮 _{욱 재 보 세 모}	힘쓰게나, 세모에 몸을 보증하여
幽期庶永結 _{유 기 서 영 결}	들판의 만남 영원히 맺어지기 바라노라

스토리 시인은 추운 겨울날 산야를 거닐다 홀로 서 있는 소나무를 발견하고는 깊은 감회에 빠졌다. 삭막하기만 한 겨울 풍광에 체념하고 있던 시인에게 녹색 빛이 선연한 소나무는 사막의 오아시스와도 같은 느낌으로 다가왔을 것이다.

시인은 우선 소나무에 기대어 서 보았다. 아니나 다를까, 북쪽에서 찬바람이 쓸쓸하게 불어오고 있었다.

끊임없이 불어오는 찬바람을 맞으면서도 소나무는 꿋꿋하게 서 있었던 것이다. 이뿐만이 아니다. 서리와 이슬도 틈만 나면 소나무를 파고들곤 하였으니, 시인의 걱정은 더욱 간절해졌다.

올곧은 마음을 지키고자 하면 고통은 저절로 따르는 법 아니던가?

그리고 소나무는 추위에 굴하지 않는 절조가 조상 대대로 있어 왔다. 그래도 시인은 조바심이 났다.

추위가 몰려오는 세모를 잘 버텨내야 할 터이다. 그래서 건강한 모습으로 찬 바람 불고 서리 이슬 내리는 이 들판에서 만나는 기약이 오래도록 지켜지기를 바라고 있는 것이다.

시사점 삭막하기 그지없는 겨울에 여전히 푸른 모습으로 벌판에 우뚝 서 있는 한 그루 소나무를 바라보는 것은 겨울을 힘겹게 보내는 사람들에게 큰 위안이 아닐 수 없다.

곧은 마음과 추위에 굴하지 않는 절조는 소나무가 사람들에게 전하는 무언의 메시지 아니던가?

감성메모

배경 겨울밤은 길고 춥다. 물리적인 시간으로만 긴 것이 아니라, 감성적인 측면에서 봤을 때도 겨울밤은 길고 춥다.

무슨 고민이 있어서 잠이 들지 않을 때 밤은 길 수밖에 없다. 또 외로우면 밤이 추울 수밖에 없다. 살면서 만나는 수많은 일이 모두 걱정 아닌 것이 없겠지만, 가족이나 사랑하는 사람이 돌아오지 않는 것만큼 걱정이 절실한 것도 드물 것이다.

조선朝鮮의 시인 김삼의당三宜堂은 무슨 이유로 긴긴 겨울밤을 잠들지 못했던 것일까?

겨울밤 冬夜

銀漏丁東夜苦長
은 루 정 동 야 고 장
밤은 길어 괴로운데 물시계 치는 소리

玉爐火煖繞殘香
옥 로 화 난 요 잔 향
남은 향기 감도는 따뜻한 화로

依依曙色生窓戶
의 의 서 색 생 창 호
어렴풋한 새벽빛이 창문에서 밝아오는데

鷄則悲鳴月出光
계 칙 비 명 월 출 광
닭 우는 소리 처량하고 달빛 흐르네

스토리 시인이 기거하는 방의 겨울밤은 길기도 하고 고요하기도 하다. 이 것은 시인이 무언가 큰 걱정이 있고, 곁에 아무도 없이 혼자 있음을 의미한다. 홀로 지내는 방이지만, 방은 정돈이 잘 되어 있고, 로맨틱하게 장식되어 있다.

방 한구석에 놓여 있는 물시계에서 물 떨어지는 소리가 또렷이 들릴 정도로 고요하기만 하다. 그리고 추운 겨울밤이어서 방 가운데에는 화로가 불을 피우고 있었다.

그런데 방에 비치된 물시계와 화로는 예사 물건이 아니다. 물시계는 은으로 치장되어 있고, 화로는 옥으로 장식되어 있다. 이러한 치장은 사치스럽기도 하고 여성스럽기도 하지만, 이는 시인 자신을 위한 것이 아니다. 온전히 기다리는 사람과의 로맨틱한 시간에 대비한 것이다.

그러면 하고많은 것 중에 왜 하필 물시계와 화로일까? 물시계는 시간을 알기 위한 것이지만, 이는 누군가를 기다리는 사람에게 겨울밤은 얼마나 긴 시간인지를 회화적으로 보여 주는 시적 장치이다.

화로는 난방을 위한 것이지만, 이는 역설적으로 겨울밤의 차가움을 말하기 위한 시적 장치이다. 시인은 물시계와 화로를 통해 길고 차가운 겨울밤을 그리고자 한 것이다.

겨울밤은 길고 차갑다는 계절적 특성에 시인 자신의 외로운 마음을 교묘하게 중첩시키는 시인의 감각이 참으로 탁월하다. 물시계 소리를 들으며 시간을 견디고 화로를 쪼이며 추위를 버티다 보니, 어느새 창문에 새벽빛이 어린다. 새벽을 알리는 닭소리도 슬프고 달빛 또한 희미하다. 모두가 임의 부재로 말미암은 것이다.

시사점 겨울밤은 길고 춥다. 이러한 겨울밤을 잠들지 못하고 지내기란 여간 고통스러운 것이 아니다. 이럴 때 억지로 자려고 하는 대신 감각의 문을 활짝 열고 겨울밤의 풍정風情을 느껴 본다면, 얼마나 운치 있는 일인가?

감성메모

눈의 마법

배경 춥고 삭막한 겨울을 따뜻하고 풍성하게 하는 것으로는 눈만 한 것이 없을 것이다.

삽시간에 세상을 하얗게 덮은 눈은 겨울 풍광의 백미가 아닐 수 없지만, 이는 단지 시각적인 것에 머무르지 않는다. 눈이 없을 때만 해도 평범한 세속의 공간이었던 것이 눈으로 인해 졸지에 탈속의 공간으로 바뀌는 것이다.

조선朝鮮의 시인 홍간洪侃은 이러한 눈의 마법을 두 눈으로 목도하였다.

눈 雪

晚來江上數峯寒
만 래 강 상 수 봉 한
강 위로 날 저무니 봉우리들 차가운데

片片斜飛意思閑
편 편 사 비 의 사 한
가볍게 비스듬히 눈 내려 마음이 한가로워라

白髮漁翁靑蒻笠
백 발 어 옹 청 약 립
흰머리 낚시 노인 푸른 삿갓 썼는데

豈知身在畵圖間
기 지 신 재 화 도 간
제 몸이 그림 사이에 있는 줄 어찌 알까?

스토리 겨울 어느 날 시인은 눈이 만들어 내는 가장 황홀한 장면을 만날 수 있는 곳에 우연히 머물고 있었다. 그곳은 강이 흐르고 있고, 그 주변을 첩첩이 산봉우리가 에워싸고 있었다. 시간도 마침 해질 무렵으로 흥취가 배가 되는 시간대였다.

한겨울이라 한낮에 잠깐 누그러졌던 추위가 저녁에 접어들면서 다시 매서워지기 시작했다. 그런데 누구의 지시라도 떨어졌는지, 때맞추어 눈이 내리기 시작하였다. 날은 차갑지만 바람은 사납지 않았던 듯, 눈은 살랑살랑 비스듬하게 내리고 있었다.

얼마나 지났을까? 강이고 산이고 조금 전의 모습은 온데간데없고, 눈의 별천지가 되었다. 시인의 눈에 보이는 것은 모두 눈뿐이었다. 그런데 눈 천지를 훑어보던 시인의 눈이 한곳에서 멈추어졌다. 바로 눈 덮인 강 위에서 낚시를 드리우고 있는 푸른 삿갓의 노인이 눈에 들어왔던 것이다. 온 세상이 눈으로 덮이고 난 뒤, 모든 것은 미동도 없이 숨죽이고 있었다. 예외가 있다면 관찰자인 시인 자신뿐이었다.

이러한 정적인 공간에 움직이는 물체가 나타났으니, 얼마나 돋보이겠는가?

푸른 삿갓을 쓴, 나이 든 어부는 눈 천지가 되기 전까지는 생업으로 물고기를 잡든, 은거하며 세월을 낚든, 평범한 사람에 지나지 않았다. 그러나 눈에 덮여 온 세상이 그 자체로 한 폭의 그림으로 되고 난 뒤, 그 평범한 어부는 그림 속 주인공이 되었지만, 막상 자신은 그러한 사실조차도 알지 못한다. 참으로 물아일체物我一體와 무념무상無念無想의 경지가 아닐 수 없다.

시사점 눈은 단순한 경치가 아니다. 눈은 세상의 모든 더러움을 일시에 사라지게 하고 마음의 근심마저도 잊게 하니, 가히 겨울의 마법사라고 부르기에 조금도 부끄럽지 않다고 할 것이다.

감성메모

눈 내린 밤

배경 춥고 어두운 겨울밤에는 사람들은 아주 특별한 경우를 제외하고는 거의 방에서 나오지 않는다. 방문과 창문을 모두 닫아 놓은 겨울밤에 방 안에서 밖을 내다보기란 사실상 불가능하다. 더구나 요즘 시절과는 달리 예전에는 유리창이 아니고 종이창이었으므로 더더욱 밖을 볼 수가 없었으리라.

그러면 겨울의 진객珍客인 눈이 밤에 내린다면, 이를 어떻게 알아챌 수 있을까?

시각으론 이왕에 불가한 것으로 되었으니, 남은 것은 청각밖에 없다. 그런데 비처럼 소리가 나는 것도 아니라서 청각으로도 될 것 같지가 않다. 그렇다면 무엇일까?

당唐의 시인 백거이白居易의 말을 들어 보면 그 답이 나온다.

밤사이 내린 눈　雪夜

已訝衾枕冷	이불과 베개가 차가운 게 의아하다 했더니
이 아 금 침 랭	
復見窗戶明	그 위에 창문의 빛이 환하게 보이기까지 하네
부 견 창 호 명	
夜深知雪重	밤 깊어 눈이 무겁게 내린 걸 알게 된 것은
야 심 지 설 중	
時聞折竹聲	가끔 대나무 꺾이는 소리 들려서라네
시 문 절 죽 성	

스토리　처음부터 여느 겨울밤과는 달랐다. 겨울밤이 비록 춥더라도 보통은 펼쳐 놓은 이부자리가 차가울 정도는 아니다. 그런데 이불과 베개에서 보통과는 다른 냉기가 느껴져서 의아한 생각이 들던 차였다.

의아한 것은 이뿐만이 아니었다. 평소 같으면 깜깜했을 창문이 밝게 보였던 것이다. 이쯤 되어도 눈치를 못 챌 위인이 아니었다. 문을 열고 나가서 보거나 창문을 열어 내다본 것은 아니었지만, 시인은 눈이 온 것임을 직감하였다.

평소와는 다르게 이부자리가 차가워진 것이며, 창문이 환하게 보였던 미스터리를 풀 열쇠는 눈 말고는 생각할 수 없었던 것이다. 이 두 사안으로 시인은 눈이 왔다는 것은 분명히 알았지만, 얼마나 왔는지는 가늠할 수가 없었다.

밤이 더 깊어졌을 때, 시인으로 하여금 강설降雪의 정도를 알 수 있게 하는 일이 발생하였다. 집 뒤 대밭에서 대나무가 꺾이는 소리가 간간이 들렸던 것이다.

눈이 얼마나 많이 와서 짓눌렀으면, 그 꼿꼿한 대나무가 다 꺾이게 된 것일까? 그것도 우연히 한두 개가 꺾인 것이 아니고 여러 개가 이어서 꺾이고 있었으니 말이다.

시사점 겨울에 눈이 없다면 사람들의 겨울 나기가 훨씬 더 어려울 것이다. 특히 길고 외로운 겨울밤을 견디는 데는 눈만 한 것이 없다. 산이나 들에 나가서 직접 느끼는 눈도 좋겠지만, 방 안에서 간접적으로 느끼는 눈도 운치가 그에 못지않다. 차가워진 이부자리, 환해진 창문, 여기에 대나무 꺾이는 소리가 더해진다. 겨울밤 귀한 손님이 오신 것이다. 그것도 단체로.

감성메모

겨울날 친구에게

배경 날씨가 추운 겨울은 다른 계절에 비해 바깥출입이 훨씬 적을 수밖에 없다. 방 안에서 오랜 날을 보내다 보면, 따분하기도 하고 외롭기도 할 것이다.

이러한 겨울날을 따뜻하게 보내기 위해서 필요한 것은 무엇일까?

당唐의 시인 백거이白居易가 그 답을 알려 줄 것이다.

친구에게 묻다 問劉十九

綠蟻新醅酒
녹 의 신 배 주

새로 빚은 술 부글부글 끓어오르고

紅泥小火爐
홍 니 소 화 로

작은 화로는 빨갛게 불 피어오르네

晚來天欲雪
만 래 천 욕 설

날은 저물고 하늘엔 눈 내리려 하니

能飲一杯無
능 음 일 배 무

한잔 술 마시지 않고 되겠는가?

시인은 겨우내 방 한쪽에 들여놓은 술독의 뚜껑을 우연히 열어 보았다. 그런데 그 안에서 생각지도 못했던 모습을 목도하였다. 초록빛을 띤 개미가 우글거리고 있었던 것이다. 깜짝 놀라 자세히 들여다보니 그것은 개미가 아니라 술이 익으면서 내는 거품이었다. 술 익을 때 나는 거품이 마치 초록빛 개미 같다 하여 이 술을 녹의라고 부른다는 것이 새삼 떠오른다. 시인의 방 안에는 술독만 있는 것이 아니었다.

조그만 화로도 한편에 자리 잡고 있었던 것이다. 그런데 그날따라 웬일인지 화로에도 벌레가 보였다. 니泥라고 불리는 벌레가 붉은색을 띠고 기어다니는 것처럼 보였다.

물론 이것은 화로에서 붉게 타오른 불이 그렇게 보인 것이다. 어둡고 칙칙한 무채색의 겨울 방 안 모습이 천연색의 두 벌레 즉 초록빛 개미와 붉은 니벌레로 인해 밝고 화려한 모습으로 변신하였다.

때는 마침 해 질 녘인데, 날이 춥고 흐린 것이 금방이라도 눈이 쏟아질 듯하였다. 술은 익고, 화로는 타오르고, 해는 지려 하고, 눈은 내리려고 하고, 이러한 분위기에 시인은 더 이상 방 안에서 혼자 무료하게 있을 수가 없을 것 같았다.

이럴 때 가장 떠오르는 것은 흉금을 털어놓을 수 있는 친구일 것이다. 시인은 유십구劉十九라는 친구를 청하여 벌겋게 타오른 화롯가에서 갓 익은 술을 함께 마시며, 해 질 녘 눈을 구경하고 싶은 생각이 간절하다. 겨울을 방 안에 틀어박혀 외롭게 나는 시인의 모습과 술, 화로, 눈 등의 겨울 정취가 기묘하게 조화를 이룬다.

시사점 바깥출입이 어려운 겨울은 방 안에서 지내는 시간이 많을 수밖에 없다. 이렇게 지내다 보면, 사람은 외롭고 따분해지기 십상이다. 이럴 때 탈출구는 역시 술과 친구이다. 그것도 겨울 분위기를 물씬 살려 주는 따뜻한 화로, 해질 녘 창밖으로 보이는 눈발이 있다면, 겨울은 더 이상 기피 대상이 아니다.

감성메모

매화

배경 설중매雪中梅라는 것이 있다. 매화나무 가지에 눈과 꽃이 동거하는 진기한 광경이다.

눈으로 보면 겨울이고 꽃으로 보면 봄인 양면의 모습을 지니고 있다. 차가운 눈에도 아랑곳하지 않고 피는 것을 보면 매화꽃은 강인하다고 할 수 있고, 봄이 오는 것을 미리 아는 것으로 보면 매화꽃은 예지력이 있다고 할 수도 있다.

다른 꽃이 피기 전에 일찍 핌으로써 갖는 희귀성이 아니더라도, 빼어난 자태와 향기로도 얼마든지 매력적인 꽃이다. 이러한 매화꽃은 송宋의 시인 주희朱熹에게는 무엇이었을까?

매화 梅花

溪上寒梅應已開
계 상 한 매 응 이 개
개울가에 한매는 이미 피었을 텐데

故人不寄一枝來
고 인 불 기 일 지 래
벗은 매화 한 가지 꺾어 보내지 않는구려

天涯豈是無芳物
천 애 기 시 무 방 물
하늘 끝인들 어찌 꽃이야 없겠냐만

爲爾無心向酒杯
위 이 무 심 향 주 배
무심한 그대 향해 술잔을 드네

스토리 시인은 고향으로부터 멀리 떨어진 곳에서 봄을 맞이하고 있는 중이었다. 아직은 겨울 끝자리지만, 봄은 이미 시작되었고, 이때 시인에게 제일 먼저 생각난 것은 고향 마을 개울이었다.

그 가장자리에 매화나무들이 심어져 있었고, 그 나무들이 이 즈음이면 꽃을 피우곤 했다. 비록 몸은 멀리 떨어져 있지만, 시인의 뇌리에는 그 매화꽃이 선명하게 떠올랐다. 그리고 자연스럽게 그 꽃들을 함께 보고 즐겼던 고향 친구가 보고 싶어졌다.

직접 얼굴은 못 보더라도 인편에 매화 꽃가지 하나 꺾어 보내 주면 좋으련만, 유감스럽게도 그 친구는 매화 꽃가지를 보내기는커녕, 오래도록 아무런 소식이 없었다.

매화꽃이야 고향 개울가가 아니더라도 어디에서든지 볼 수도 있지만, 시인이 고향 개울가 매화 꽃가지를 기다린 것은 친구 소식이 궁금해서이다. 그러나 무심한 친구는 어디서 무엇을 하고 있는지, 아예 소식이 끊긴 지 오래다. 그렇다고 친구가 원망스럽거나 걱정스럽거나 하는 느낌은 들지 않는다.

단지 그리울 뿐이다. 비록 친구는 옆에 없지만, 시인은 친구를 향해 술잔을 건네는 것으로 아쉬움을 달랜다.

시사점 겨울과 봄이 교차하는 시기에 매화는 핀다. 무사히 겨울이 가는 것에 대한 안도와 봄이 오는 것에 대한 기대가 같이 포함된 것이 바로 매화꽃이다.

그래서 매화꽃을 보면, 사람들은 고향과 가족 친구를 떠올리곤 한다. 이른 봄에 매화꽃을 매개로 그리운 정을 되살릴 수 있으니, 매화꽃은 참으로 고마운 존재가 아닐 수 없다.

감성메모

늙어야 보이는 것들

배경 하루에 저녁이 있고, 한 해에 세모歲暮가 있듯이, 인생에도 만년晩年이 있기 마련이다. 젊은 사람들의 가장 큰 특징은 자신들은 늙지 않을 것이고, 지금 늙은 사람들은 본래부터 늙은 것으로 생각한다는 것이다. 그래서 얕은 성취나 재주에 기고만장하기도 하고, 돈벌이나 출세에 집착하기도 한다. 그러나 나이가 들어가면서 인생이 그렇지 않다는 것을 차츰 깨닫게 된다.

나이에 따라 세상을 보는 시각도, 인생의 가치에 대한 견해도 달라질 수밖에 없다. 젊은 사람이 보기에 의기소침하고 기운 없고 쓸쓸할 것만 같은 인생의 만년도 그 나이가 되어서 보면, 분명히 다르게 보이게 되어 있다.

당唐의 시인 왕유王維는 만년을 맞아 달라진 자신의 모습을 특유의 담담한 어조로 노래하였다.

장소부에게 지어 응답하다 酬張少府

晚年唯好靜 만 년 유 호 정	늙으니 고요함이 좋아져서
萬事不關心 만 사 부 관 심	매사에 마음이 가지 않네
自顧無長策 자 고 무 장 책	스스로 돌아봐도 좋은 대책 없어
空知返舊林 공 지 반 구 림	막연히 옛 고향 숲으로 돌아가는 줄만 알았어라
松風吹解帶 송 풍 취 해 대	솔바람이 풀어 놓은 허리띠에 불고
山月照彈琴 산 월 조 탄 금	산에 뜬 달은 타는 금을 비추네
君問窮通理 군 문 궁 통 리	그대는 내게 통달한 이치를 묻는데
漁歌入浦深 어 가 입 포 심	어부의 노래가 포구 깊은 곳으로 들어온다

스토리 몇 살부터가 만년인지 정해진 것은 없지만, 이 시를 쓸 당시 시인의 나이는 60세에 가까운 나이였던 것 같다. 지금이야 나이 60을 만년이라고 부르지 않지만, 시인이 생존할 당시는 두보의 시구에 있는 인생칠십고래희人生七十古來稀가 과장이 아니었던 것이다.

시인은 만년에 접어드니 인생이 젊을 때와는 다르게 보인다고 고백한다. 번잡하고 시끄러운 것은 싫어지고, 조용한 것만이 좋게 느껴지며, 젊을 때 같으면 신경이 쓰였던 이런저런 일들이 마음에 들어오지도 않더라고 술회한다.

시인도 젊을 때는 자신의 취향이나 생각이 이렇게 바뀔 줄은 몰랐다. 그래서 스스로 돌아다보니, 만년을 어떻게 살아야 할지, 뚜렷한 대책이 아무것도 없었다.

나이 들면 옛 숲으로 돌아간다는 것만 막연히 알고 있었던 것이다. 시인이 말하는 옛 숲이 어디인지 알 수는 없지만, 만년의 시인은 실제로 그곳으로 돌아왔다. 막연하게만 알고 있었던 옛 숲으로의 귀환은 시인에게, 미처 생각하지 못했던 즐거움과 안식을 선물로 주었다.

산길을 걷다가 쉬느라고 풀어놓은 허리띠에 부는 솔바람과 한밤에 방 안에서 금琴을 타노라면, 찾아와서 비추어 주는 달빛이 그것들이다. 해대解帶의 대帶는 단순한 허리띠가 아니고 벼슬아치의 관대冠帶이다. 따라서 허리띠를 푼다는 것은 시인이 관직을 떠났음을 암시한다. 탄금彈琴도 마찬가지이다. 금은 세속을 떠나 산속에 은거하는 은자가 방에 갖춘 악기이기 때문이다.

젊을 때는 꿈도 꾸지 않았던 은자 생활이 만년의 시인에게는 안성맞춤이었던 것이다. 그런데 이런 사정을 모르는 지인이 시인에게 산속에서 통달한 이치를 묻자, 시인은 아무 대답도 하지 않는다. 다만, 고기잡이를 마치고 포구로 돌아오는 어부의 노랫소리가 들릴 뿐이다.

시인은 이치를 깨우치기 위해 산속에 들어온 것이 아니다. 세속의 번잡으로부터 벗어나 만년의 삶을 조용히 살기 위해서 옛 숲으로 왔던 것이다.

시사점 나이가 들면 취향도 관심사도 달라진다. 욕심을 버리고 자연의 섭리에 순응하면서, 남은 인생을 즐기는 것이야말로 인생 만년을 맞이한 사람들이 취할 삶의 자세일 것이다. 젊을 때처럼 욕심을 부리는 것은 부질없는 노추에 불과하다.

강남의 단귤

배경　풀은 아예 자취를 감추었고, 나무엔 잎새의 흔적조차 남아 있지 않은 겨울이 되어야만, 비로소 눈에 띄는 것들이 있는데, 중국 강남 지역에 서식하는 단귤丹橘나무도 그런 경우에 속한다. 단귤은 눈과 얼음의 혹한을 견뎌야 하는 송백松柏과는 달리 겨울에도 날씨가 비교적 온화한 지역에서 서식하는 특징이 있지만, 그래도 겨울을 견디어 이겨내는 것은 송백과 크게 다를 바가 없다.

당唐의 시인 장구령張九齡은 이러한 단귤에게서 세한심歲寒心을 읽어냈다.

감우　感遇

江南有丹橘 강 남 유 단 귤	강남 땅에 단귤나무 있어
經冬猶綠林 경 동 유 녹 림	겨울 지나도 여전히 푸른 숲이네
豈伊地氣暖 개 이 지 기 난	어찌 그 땅이 따뜻해서리요
自有歲寒心 자 유 세 한 심	스스로 추위 이기는 마음이 있다네
可以荐嘉客 가 이 천 가 객	반가운 손님에게 돗자리를 깔아 드릴 수 있지만
奈何阻重深 나 하 조 중 심	가로막음이 무겁고 깊은 것을 어찌하리요
運命惟所遇 운 명 유 소 우	운명이란 단지 우연히 만나는 것일 뿐
循環不可尋 순 환 불 가 심	돌고 돌아 억지로 찾지는 못하리
徒言樹桃李 도 언 수 도 리	부질없이 복숭아와 오얏만 심으라고 말을 하지만
此木豈無陰 차 목 개 무 음	이 나무엔들 어찌 쉴 만한 그늘 없으리

스토리　강남은 양쯔강[揚子江] 남쪽 땅이라는 뜻으로, 지금의 쓰저우[蘇州], 항저우[杭州] 일대를 일컫는 말이다. 이곳은 중국의 북쪽 지역에 비해 겨울 기온이 높아서, 겨울에도 눈이 오는 날이 거의 없다. 그렇다고 이곳에 겨울이 없는 것은 아니다. 북쪽 땅만큼 혹독하지는 않지만, 겨울은 겨울이다.

겨울이 오면 이곳에도 나뭇잎 지고 풀은 시들어 사라지건만, 단귤만은 그렇지가 않다. 겨우내 여전히 녹색 숲을 이루고 있는데, 이는 결코 이곳 기후가 따뜻해서가 아니다. 스스로에게 추위를 이겨내는 의지가 있어서 그러한 것이다.

낯선 땅 강남에서 불우한 처지가 되어 겨울을 나고 있던 터에, 뜻밖에 만난 단귤은 시인에게 여간 반갑고 귀한 손님이 아닐 수 없었다. 그런데 유감스럽게도 세상은 이 귀한 손님에게 제 대접을 해주지 않는다.

이러한 단귤의 불우한 신세는 영락없이 자신을 닮은 것이기에, 시인은 동병상련同病相憐의 정을 강하게 느끼지 않을 수 없었다. 여기서 시인은 문득 운명이라는 것에 대해 생각이 미친다.

운명이라는 것은 단지 우연히 만나는 것일 뿐이다. 여기저기를 빙빙 돌며 억지로 찾아다닌다고 해서 만나지는 것이 아니라는 생각이 든 것이다. 이 생각에는 불우한 현재에 대한 위안과 미래에는 기회를 만날 수 있다는 희망이 함께 담겨 있다.

그래서 지금 기회를 만나, 득의했다고 해서 도리桃李만 심으라고 해서는 안 되는 것이다. 지금은 불우하지만 재주만은 도리 못지않은 단귤에도 사람들이 모여서 쉴 만한 그늘이 충분히 있기 때문이다.

시사점 겨울을 이겨내는 나무가 송백만은 아니다. 비록 비교적 따뜻한 강남 땅이라도 겨울은 있게 마련이다. 이곳도 겨울은 이겨내기가 쉽지 않은 계절이다. 이 강남의 겨울을 묵묵히 견뎌내는 단귤은 불우함에 굴하지 않는 무명의 절사節士인 셈이다.

시로 쓴 편지

배경 누구나 살다 보면 난관에 부딪히는 일이 생기게 마련이다. 예상치 못한 어려움에 심신이 지칠 대로 지쳐 있을 때 친구로부터 온 편지 한 통은 보통 큰 위안이 아닐 것이다. 아는 사람 하나 없는 낯선 곳에서 가까운 친구를 만난 격이니 그 기쁨이야 말할 필요조차 없을 것이다.

편지의 한 글자 한 글자로부터 친구의 따뜻한 마음이 전해지는 것을 느끼다 보면 객지의 신고辛苦는 눈 녹듯이 사라져 버리곤 하는 것이다.

송宋의 시인 구양수歐陽修는 서른이라는 이른 나이에 뜻하지 않게 좌천되어 간 낯선 곳에서 친구의 편지를 받았다.

원진에게 장난삼아 답하여　戲答元珍

春風疑不到天涯
춘 풍 의 불 도 천 애
봄바람 하늘 끝까지 이르지 않았는지

二月山城未見花
이 월 산 성 미 견 화
2월 산성에 아직 꽃핀 것을 보지 못했네

殘雪壓枝猶有橘
잔 설 압 지 유 유 귤
잔설이 나뭇가지 누르고 있는 데도 귤이 있고

凍雷驚筍欲抽芽
동 뢰 경 순 욕 추 아
차가운 우레 소리에 죽순이 놀라 싹트려 하네

夜聞歸雁生鄉思
야 문 귀 안 생 향 사
밤에 돌아가는 기러기 소리 들으니 고향 생각 간절하고

病入新年感物華
병 입 신 년 감 물 화
병든 몸으로 새해를 맞으니 고운 경물에 울컥해지네

曾是洛陽花下客
증 시 락 양 화 하 객
일찍이 낙양성에서는 꽃 속의 나그네

野芳雖晚不須嗟
야 방 수 만 불 수 차
들꽃이 늦어도 한탄할 필요 없다네

스토리　시인이 좌천되어 간 곳은 오지 중의 오지라고 할 수 있는 협주峽州의 이릉夷陵이라는 곳이었는데 그때 마침 시인의 절친한 친구였던 정보신丁寶臣이 협주의 판관으로 있었다. 그의 자字가 원진元珍이었는데 그는 실의에 빠진 친구를 위로하기 위해 화시구우花時久雨라는 시를 지어 보냈다. 이에 기운을 차린 시인이 그 답으로 시를 쓴 것이다.

시인이 당도한 곳은 어찌나 외지고 험한 곳이었던지, 봄바람조차도 이르지 못하고 음력 2월인데도 꽃이 아직 보이지 않을 지경이다. 하늘 가장자리니 산성이니 하는 표현들은 그곳이 오지임을 나타내기 위한 것들이다. 그러나 늦게 올 뿐, 봄이 아예 오지 않는 것은 아니었다.

잔설이 가지를 누르고 있었지만 귤은 여전히 매달려 있었고 겨울 천둥이 울렸지만 도리어 그 소리에 놀라 대나무가 싹을 틔웠으니 말이다.

그러나 봄이 곧 오리라는 희망도 잠시, 밤이 되면 들리는 기러기 소리에 향수병이 도지는 것은 어쩔 수 없는 노릇이었다. 그리고 객지에서 병病 중에 맞은 새해인지라, 주변의 고운 경물에도 마음은 착잡하기만 하였다. 감상에 빠진 시인을 위로한 것은 화려한 낙양洛陽 시절에 대한 회상이었다.

한때는 화려한 낙양 거리의 꽃 아래를 누비던 나그네였던 적도 있었으니 지금 기거하고 있는 허허벌판에 꽃이 늦게 핀다고 해서 탄식할 필요는 없다고 스스로의 마음을 달래고 있는 것이다.

본의 아니게 갑자기 낯설고 외진 곳으로 좌천되어 간다면 그 낙심은 이만저만이 아닐 것이다.

이때 또 생각지도 않은 친구가 마침 그곳에 있어서, 위로의 편지를 보내 왔다면 이것처럼 반가운 일도 없을 것이다. 그것도 시로 쓴 것이라면 더할 나위가 없을 것이다.

시사점 시로 보내온 친구의 편지에 시로 응수하다 보면 웬만한 객고客苦는 잊혀지고도 남을 것이다.

감성메모